火鍛冶（ほかじ）の娘

廣嶋玲子

庫

火鍛冶の娘

HOKAJI NO
MUSUME

人物紹介

沙耶【さや】 別名 佐矢琉【さやる】
天才的な鍛冶の才能を持つ少女。男と偽って鍛冶の匠を目指す。

阿古矢王子【あこやおうじ】
驚くほどの美貌を持つ、伊佐穂の国の第一王子。

加津稚王子【かづちおうじ】
武に秀で、茶目っ気のある第二王子。

護足【ごたり】
武人。沙耶に剣の製作を依頼するために訪れる。

序章

視線を感じて、三雲の火麻呂は深いため息をついた。

『また入ってきたな』

鍛冶の匠は作りかけの刃物と鎚を置き、立ち上がって隅の暗がりに目を向けた。

「沙耶。出てくるんだ」

水をはった大甕の後ろから、おずおずと小さな人影が現れた。火麻呂の五歳になる娘、沙耶である。

利発そうな目でこちらを見上げる娘に、火麻呂はもう何百回言ったかわからない説教をため息まじりで口にした。

「ここには入ってはいかんと言っているだろう。何度言えばわかるのだ。おまえは娘だぞ。いいか。女は鉄に触ってはいかんのだ。女が触れると、鉄は弱く、もろくなる。わしが作る物をだめにしたくないだろう？　さあ、いい子だから、向こうで遊んでおいで。な？」

だが、小さな娘は聞き分けない。その時はおとなしく引き下がっても、またいつの間にか鍛冶場に入りこんできて、火麻呂の仕事ぶりを食い入るように盗み見るのだ。

「そんなに鍛冶が好きなのか？」

ためしに尋ねてみると、目を輝かせてうなずいてきた。

「うん、大好き！　きらきらしてて、赤くて！　あと匂いも好き！」

金属を叩(たた)くたびに生まれる火花や、熱された鉄の匂いが好きとは。この子が男であればどんなに嬉(うれ)しかったことだろうと、火麻呂は苦笑した。

父の笑顔に力を得たのか、沙耶はそっと切り出してきた。

「ねえ、父さま。その叩くの、一回だけやっちゃだめ？」

火麻呂はさらに笑いそうになった。さすがはわしの子と、思わず言いそうになったのだ。だが、慌ててそれをこらえた。沙耶は娘なのだ。この子がどんなに望もうと、鍛冶の匠にはなれない。無理な夢を紡がせるほど、むごいことはない。

『ここは一つ、しっかりと叱ってやったほうがいいのかもしれない』

そこで火麻呂は怖い顔をして、めったなことでは使わない怒鳴り声を発した。

「馬鹿者！　鎚を握ってみたいだと！　とんでもないことだ！　さっさとここを出ていくんだ、沙耶！　もう二度と入ってきてはいかんぞ！　わかったな！」

いつもは穏やかな父親の強烈な怒鳴り声に、びっくりしたように沙耶は目を見張った。その大きな目に、じわじわと涙が盛り上がってくる。

まずいと、火麻呂は慌てた。一人娘の涙にはめっぽう弱かったのだ。四十を過ぎてから授かった子、妻をはやり病で失った今ではたった一人の身内だけに、愛(いと)しさはひとしおだ。

ほろほろとこぼれる涙に、火麻呂はすぐに負けた。

「わかった、わかった。一度だけ鎚を握らせてやるから。だが、これっきりだぞ」

「うん！」

涙はたちまち乾き、沙耶は嬉々(きき)として重たい鎚を手に取った。両手でしっかりと鎚を握り締め、練習用に差し出された青銅のくずを叩き始める。カン、カンと、火麻呂の時よりもずっと軽い音が響いた。

その様子を苦笑しながら見ていた火麻呂だが、笑いはすぐに薄れ、みるみる真剣な目になった。沙耶はきちんと間隔をあけ、狙い通りの場所に鎚をふりおろしているのだ。そのやり方は熟練の匠にも負けないほど鮮やかで、たった五歳の子供がやっているとは思えない確かさがある。

この子には鍛冶としての天性のものがある。

火麻呂は直感し、そしてその才を惜しんだ。

愛娘(まなむすめ)の頭をそっと撫(な)でながら、鍛冶の匠はつぶやいた。

「どうして男に生まれなかったのか。男だったら、わしは持っている技の全てを、おまえに授けてやれたろうに」

火麻呂としては心の中でつぶやいたつもりだったのだが、沙耶の耳はしっかりとそれを捕らえてしまった。顔を上げて、娘は叫んだ。

「ほんとに？　男だったら教えてくれるの？　それなら、あたし男になるよ！」

とんでもない言葉に、火麻呂は笑った。

「それは無理だ」

「どうして？　どうして無理なの？」

娘が食い下がるので、火麻呂はとまどった。

「それは、その、おまえが娘だからだ。こういうひげも生えてこないし……なあ、沙耶。よく聞きなさい」

火麻呂は娘を膝の上にのせて、嚙んで含めるように言い聞かせ始めた。

「幼い子供には、女と男の区別がないと言われている。だから、今はおまえをこうして鍛冶場に入れることができるのだ。だが、おまえもいつかは女になる。胸は大きくなるし、なにより、うむ、その、月に一度血を流すようになる。いや、なぜとは聞いてくれるな。女とはそういうものなのだ。鍛冶の神さまは血がことのほかお嫌いだ。だから、女は鍛冶をしてはいけない。そう決まっているのだ」

火麻呂としては、この話はこれで終わりにしたかった。だが沙耶は違った。しばらく考えこんでいたが、やがてりんとした顔で宣言したのだ。

「それなら女にならないように、山の神さまにお願いする。本物の男の子になるから。だからお願い！　あたしにやらせて！　ねえ、父さま！」

いきなりの言葉に、火麻呂は絶句した。開いた口がふさがらないとはこのことだ。

「男になるって……なれるはずがないだろう。おまえは娘なんだぞ？」

「なれるもん！」

「なれん！　絶対なれん！」

思わずむきになって火麻呂は怒鳴った。だが、一瞬はしゅんとしたものの、すぐに娘は言い返してきた。

「じゃあ……女になったらやめるから、それまでやらせて。血を流さなければ、鍛冶の神さまも怒らないんでしょ？　そういうことなんでしょ？　血を流すようになったら、やめるから。約束する。だからあたしにやらせて！　ね、お願い！」

火麻呂は目を閉じた。自分の負けだ。この子は絶対にあきらめないだろう。許しをもらうまで、何日も何ヶ月も言い続けるに違いない。それに対抗する力は、自分にはなかった。

火麻呂はまたしても深いため息をついた。これからはこのため息が友になりそうだ。

一

うぐいすが鳴いていた。その姿は燃え立つような春の若葉に溶けこみ、どこにいるかはわからない。が、澄んだ声ははっきりと山の中にこだましている。少なくとも五羽はいるだろう。少しずつ違った節回しで歌いながら、雌を惹（ひ）きつけようと躍起になっている。

鳥が競って歌いあっている山中を、沙耶（さや）は掘り出したばかりのウコンの根を持って、ずんずんと歩いていた。

沙耶は十六になっていたが、その姿は年頃の娘とはほど遠いものだった。なにしろ、奔放な髪をぎゅっと一つにまとめ、腕と足に鹿革のこてとすねあてをし、丈の短い茶の衣を身に着けるという、りりしい若衆姿なのだから。

だが、その格好が少しも不自然ではない。同じ年頃の若者と比べればやや小柄なものの、娘としては大柄なしっかりとした体つきにぴたりと合っている。まだ幼さの残る顔立ちもりんとした気迫に満ち、娘らしい柔らかさはない。つまり、完全に男に見えるというわけだ。

鍛冶（かじ）を学び始めたあの日から、沙耶は娘であることをやめていた。

「女になる日までなら、鍛冶をやってもよい」

さんざんねだった末、ようやく父はそう言ってくれた。だが、同時に、月のものを迎えたら必ず鍛冶をやめることを、かまどの神にかけて沙耶に誓わせたのである。

誓いは絶対のものと、幼くても沙耶はわかっていた。だからこそ、自分が女になり、鍛冶をやめなくてはならない日が来ることを、心の底から恐れていた。

一日でも長く鍛冶をやりたい。

その一心で、普段から男の子として振る舞うようになった。そうやっていれば、もしかしたら本当に男になれるかもしれない。そう考えたのだ。

それから十一年が経とうとしており、もはや沙耶は自分が娘であることを忘れかけていた。裸になれば少々胸が大きくなっていることに気がつくが、そんなものは普段布をきつく巻いていれば気にならない。ひげがいっこうに生えてこないのも悔しかったが、毛深くない男もいると、自分を納得させていた。

なにより月のものがまだなかった。たいていの娘は十二か十三で始まるらしい。早い子では十ほどで始まるとか。だが、沙耶にはその気配すらなかった。毎日この三雲山の山神に祈りを捧げているおかげだと、沙耶は固く信じ、感謝していた。

では、周りの人間は沙耶をどう思っていたのだろうか。

いや、そもそも沙耶の周りには、父親以外の者はいなかった。

火麻呂と沙耶の住む小屋は深い山の中にあり、一番近くの人里に行くのだって、一刻半はかかる。火麻呂親子は、必要不可欠な物を手に入れに行く以外は山を下りなかったし、わざわざ険しい山道を登ってまでして、小屋に遊びにこようという者はいない。

というのも、鍛冶の技は、純粋に親から子にのみ受け継がれていく、神聖なものであったからだ。

鉄を鍛え、思うままに形を作るのは、神の御業。選ばれた血筋の者たちだけに伝えられていくもの。それ以外の者に知られてはならない、盗まれてはならない、神秘の技なのだ。

鉄の秘密を守るために、沙耶と火麻呂も他の鍛冶一族同様、人里からは離れて暮らしていた。そしてそんな彼らに、近隣の里の人々は巫女や巫にも等しい尊敬と畏怖を注いでいた。

人々は、常に気遣いと礼儀をもって、火麻呂たちに接した。鍛冶の匠を怒らせてしまったら、大きな痛手を被るからだ。農具や道具を直したり、新たに作ったりしてもらえなくなる。

彼らの力がなければ、暮らしは一気に大変なものとなる。自分たちと鍛冶一族は対等ではない。気安くつきあえる相手ではないと、子供たちにさえ言い聞かせているのである。

したがって、沙耶には友達や仲間というものはなかった。それがよかったのだ。もしそういう仲間がいれば、年がら年中川遊びや相撲などといった荒々しい遊びをしていただろう。そうするうちに、自然と秘密がばれてしまっていたに違いない。

だが、道具の修理や取引のために時折小屋を訪れる者たちであれば、たやすくだますことができる。実際、「佐矢琉（さやる）」という名を使う、どこから見ても立派な若者である沙耶を、娘ではないかと疑う者は誰一人いなかった。疑う余地を、沙耶は決して相手に与えなかった。

沙耶は額の汗をぬぐった。まだ春になったばかりとは言え、朝から山の中を歩き回り、ウコンの根を掘り出してきたのだ。着物はすでに汗でぐっしょり濡（ぬ）れている。近くの川で一泳ぎしたい気分だが、そうもいかない。早く家に戻らなければ。

ようやく家にたどり着いた。山間（やまあい）に埋もれるようにして、小さな小屋が二つ連なって建っている。一つは沙耶たちが寝起きをする小屋、もう一つは鍛冶場だ。いつもなら火麻呂も沙耶も鍛冶場に入り、それぞれが競って鎚（つち）をふるい、澄んだ音を爽快（そうかい）に響かせる時刻なのだが……。

鍛冶場のほうはしんと静まり返り、火の気配すらなかった。

沙耶も、鍛冶場には見向きもせず、まっすぐ小屋に入った。

薄暗い小屋の中は、むっと奇妙な匂いに満ちていた。薬草と、病の匂いだ。それらの匂いが強く漂ってくるほうに、やつれた火麻呂が横になっていた。

土気色の顔をした父親を見ると、沙耶は胸がぎゅっとしめつけられるのを感じた。が、あえて明るく笑い、すっかり板についた男言葉ではきはきと尋ねた。

「ただいま、親父さま。具合はどうだ？」

「あ、ああ、悪くない」

「どれどれ。うん。熱もさがった。これならまたすぐに鍛冶場に戻れるさ。ほら、ウコンを見つけたんだ。煎(せん)じるから少し待ってくれ。汁、食べられるか？　それとも芋(いも)餅(もち)がいいか？」

「いや、腹はすいとらん」

「食わないとよくならないぞ。早くよくなってもらわないと、こっちが困るんだから。なにしろ、請けが立てこんでいて、おれ一人じゃどうにもならないからね」

「そんなにでっかくなっておいて、まだ父親に頼るつもりか。やれやれ、情けない」

「あれ？　いつもおれを半人前って言っているのは、どこのどなたでございましたかね」

笑いを含みながら火麻呂がからかえば、沙耶はすかさずやり返す。その会話は父と息子、そのものだ。

沙耶は熱い汁を椀によそった。

「さ、ほら、汁が煮えたから。頼むから食ってくれよ。魚の身をほぐして入れたんだ。親父さまの好物だろ？」

拝むように差し出されて、火麻呂は椀を受け取った。だが、半分も食べられなかった。

「もう十分だ。うまかったよ、沙耶」

返された椀を受け取りながら、沙耶は顔をしかめた。

「なあ、親父さま。その沙耶って呼ぶの、いい加減やめてくれよ。他の連中が聞いたら、一体なんだと思っちまうだろ？　佐矢琉って呼んでくれよ」

「面倒くさい」

「どうして！『さや』の後ろに『る』をくっつけるだけじゃないか！　それのどこが面倒くさいんだよ？」

むきになって叫ぶ娘を、愛しげに火麻呂は見つめた。たとえ男の格好をしていても、どれほど男らしく振る舞おうとも、火麻呂にとって沙耶はあくまでも娘だったのだ。

薬湯を飲んで、ふたたび火麻呂は横になった。その横で、沙耶はウコンを刻み、湯をかけて煎じ汁を作り始めた。うぐいすの声が小屋の中まで聞こえてきた。鳥のさわやかな歌声は、小屋にこもる重い空気を追い払うかのようだ。

だが、もうこのうぐいすの声も聞くことはないだろう。

火麻呂はぼんやりと思っていた。うすうすとではあるが、沙耶も父親の死期が近いのを感じ取っているに違いない。男になろうと必死になっている娘に対する哀れみと、その娘を残して逝かなければならない自分へのふがいなさで、老いた匠の心はいっぱいになった。

何気なく振り返った沙耶は、父親の目から涙が一筋流れるのを見て、仰天した。慌てて父親に飛びついた。

「ど、どうした、親父さま！　どこか痛いのか？」

「いや、なんでもない。なんでもないのだ」

火麻呂は沙耶を見つめた。口がきけなくなる前に言っておきたいことがあった。

「それより、なあ、沙耶。おまえは武器と道具、どちらを作るほうが好きだ？」

唐突に尋ねられて驚いたものの、迷わず沙耶は答えた。

「おれは武器を鍛えるほうが好きだよ。剣や矛は美しいから」

「……そうか」

父ががっかりしたように目を閉じたので、沙耶はなんとなくむっとした。

「なんだよ？　じゃあ、親父さまはどうなんだ？」

「決まっている。わしは人の役に立つ道具を作るほうがいい。どんなに美しくとも、武器は所詮は人殺しの道具よ。沙耶、おまえはまだ戦を見たことがない。剣や矛がどのようにして人を殺すか、見たことがない。だから、武器を好きだと言い切れるのだ」

穏やかにさとされて、沙耶はすねたように口を尖らせた。

「だけど、剣は高く売れる。良い剣を作る匠は、良い道具を作る匠よりも名が売れるよ？」

「ああ、名か」

火麻呂はやつれた顔に不思議な笑みを浮かべた。

「若い時は、誰もが激しい野心にとりつかれているものだ。わしもかつてはそうだった。よく斬れるもの、長い戦にも耐えられるものを鍛えようと、必死になっていた。あの頃のわしは、まるで火の玉のようであったよ。尊い方々の守り刀、魂を守る武具を作り、大きな見返りを得ようとしていたものだ」

父親がどこか遠くを見ているのが、沙耶を不安にさせた。

「親父さま。しゃべらないほうがいいんじゃないか？　なんだか顔色も悪いし。熱が出てるのかも。ちょっと待っててくれ。水をくんでくるよ」

だが、立ち上がろうとする沙耶の腕を、がしりと火麻呂はつかんだ。病んでいるとは思えないような、すごい力だった。

目を光らせながら、火麻呂はひたと娘を見つめた。

「いや、聞いてくれ。今話しておきたいのだ。わしはおまえの才能が惜しくて、おまえに男の格好をさせてまで仕こんできた。だが、今になって、それが間違いだったような気がする。水は水に、火は火にしかならないもの。おまえはやはり女に戻るべきだ」

沙耶は耳を疑った。女に戻れだって？

怒りのあまり蒼白になった沙耶は、父の手を振り払ってさっと立ち上がった。病気の父親をいたわらなければという気持ちは、あまりに激しい怒りに弾き飛ばされてしまっていた。

「何を馬鹿なことを言うんだ！　おれは男だよ！　そりゃ、股の間には何もないし、胸もちょっとは膨らんでいるけど。でも、月のものはこれまで一度だってないんだ！　山の神はおれの願いを叶えてくれているんだ！　おれは男だ！　自分で望んで男になったんだ！　なんにも間違っちゃいない！　おれは佐矢琉なんだ。これまでも、これからもずっと男で、鍛冶の匠なんだ！」

叩きつけるような荒々しい言葉に、弱々しく火麻呂はかぶりを振った。

「違うのだ、沙耶。わしが言いたいのは……うっ！」

突如、火麻呂は目を剝き、激しく咳きこんだ。その口から真っ赤な血があふれる。

「親父さま！」

沙耶は父に飛びついた。火麻呂は血泡をふきながら喉(のど)をかきむしった。喉に血の塊がつまってしまったらしい。沙耶は必死になってそれを取り除こうとしたが、どこかで引っかかってしまってどうにもならない。

そのまま火麻呂は意識を失った。

「親父さま！　ああ、頼むよ！　起きてくれ！　親父さま！」

沙耶の叫びにも、もはや火麻呂は答えなかった。

その夜、一度も目覚めることなく、火麻呂は逝った。

二

美しい滝の近くに父親を葬った後、沙耶はがむしゃらに働いた。父が亡くなった今、自分が三雲の火麻呂の仕事を受け継ぎ、続けていかなければならないのだ。請けは山ほどたてこんでいて、しばらくは休む暇もなかったが、沙耶にはその忙しさがありがたかった。父を失った悲しみを、まぎらわせることができたからだ。

忙しく働くうちに春は過ぎ、むっとするような初夏となった。その頃には積み重なっていた仕事もきれいに片付き、沙耶は少し手持ち無沙汰になっていた。

近くの里の人々には、「これからは自分が道具の修理や製作を引き受ける」と話してあるが、なにぶん沙耶は若すぎる。技はしっかり身につけてあるが、それを知らない里人が自分の腕を疑っていることを、沙耶は知っていた。

どのみちこんな山奥では、やってくる依頼はせいぜい農具を作ってくれだの、鈍くなった鎌の刃を研いでくれだのだ。鍛冶の匠として名を知られるようになるには、ここを出たほうがいいのかもしれない。

そのことを、この頃はよく考えるようになった。住み慣れた山を離れるのは寂しかったが、それ以外に道はないように思えてしまう。

瓜(うり)をかじりながら、これからのことをぼんやりと考えていた時だ。かつかつという蹄(ひづめ)の音が聞こえてきた。

　奇妙に思った沙耶は、小屋から出て、焦げつくような日差しで白く輝いている山道に目をこらした。

　一人の男が大きな黒毛の馬にまたがってやってくるところだった。

　男は、沙耶がこれまでに見たことのない類(たぐい)の人物であった。まず大男だ。馬に見劣りしないほどたくましく、青銅の板を革紐(かわひも)で編みこんだ鎧(よろい)を着て、腰には大きな剣を下げている。ごつごつとした岩を思わせる醜男(ぶおとこ)であったが、その醜さを上回る気骨と頼もしさがみなぎっている。目には快活さと油断のなさがあった。

　噂に聞く武人というものに違いないと、沙耶は直感した。

　沙耶の前まで来ると、男は馬から下りた。やはり大きい。沙耶よりも頭一つ半は背が高く、胸板の厚さは優に三倍はありそうだ。腕も太いし、手などヤツデの葉のように大きい。張り手を食らったら、沙耶など、一発でひしゃげてしまうだろう。

　思わずあとずさりをする沙耶に、男は尋ねてきた。

「鍛冶の匠、三雲の火麻呂に用があってまいった。火麻呂はおるか？」

　腹にずんと響く低い声だ。

　客だったのかと、少し沙耶は安心した。

「父は亡くなりました。今は息子のおれが跡を継いでいます。ご用なら、おれが承りましょう」

物怖じしない言葉を聞いて、男はひげをしごきながら、じろじろと沙耶を見た。

「ぬしはいくつだ？　名はなんという？」

「佐矢琉といいます。歳は十六です。鍛冶の技は、五つの時から父に仕こまれました」

すると、男は沙耶が作った物を見たいと言ってきた。沙耶は鍛えたばかりの鉈を見せた。

男はていねいにそれを調べ、切れ味を確かめてから、満足そうにうなずいた。

「ぬしはしっかりと技を身につけているようだな。よし。ぬしに頼むとしよう。わしは護足。伊佐穂を治める倉部王に仕える武人だ」

やはり武人であったかと、沙耶は胸が高鳴るのを覚えた。

武人というものは、いつだっていい武具をほしがっているものだ。ここでこの男を満足させられれば、今度は男の仲間がここに依頼しにきてくれるかもしれない。この機会を逃がすわけにはいかない。

沙耶は目の色を変え、早口で尋ねた。

「ご入り用なのは剣ですか？　それとも矛ですか？　矢じりももちろん作れますよ？　なんでもおっしゃってください！」

矢継ぎ早な問いに、護足は一瞬言葉をのんだ。

「いや、いずれはわしも頼むであろうが……頼みたいのはわし用のものではないのだ」

「へっ？」

「このたび、伊佐穂の世継ぎの王子が成人なされる」

護足の声にうやうやしげな響きがこもった。

「王子の健やかな成長を祝うため、剣を贈りたいと、王はお考えだ。ぬしにはその剣を鍛えてもらいたい。王子の成人を飾るにふさわしい剣を。できるか？」

沙耶は興奮でかあっと熱くなった。高貴な人のために剣を鍛える。願ってもない幸運だ。

胸を張って答えた。

「必ず満足いただける物を作ってみせます」

護足はぐずぐずしてはいなかった。

「よし。これは手付けの砂金だ」

小さな袋が沙耶の手に落とされた。その重さに、沙耶は驚いた。

「こ、こんなにたくさん？」

「なに。ぬしが見事仕事を終えたその時には、この倍の金を王は支払われるぞ。その袋には、柄にはめこむための飾りの玉も入れてある。余ってしまったら、ぬしの物にしてよいそうだ。それから、この鉄を使うといい。遠い北方からわざわざ取り寄せたものだ」

大きな袋から取り出された一つかみの鉄の塊に、沙耶は目を見張った。黒々とした光沢を放つそれは、一目で極上とわかる代物だったのだ。

震える手で鉄塊を受け取った。ずっしりと、これまで持ったどの鉄よりも重く感じられた。

沙耶が感動している間に、護足は身軽に馬に乗っていた。

「では、佐矢琉よ。二月後に品を受け取りにくる。よい剣を期待しておるぞ」

「はい！」

護足が去ると、沙耶は興奮に頬を火照らせながら、すぐさま準備にかかった。

まず身支度を整えた。そばの川で身を清めた後、仕事着に着替え、丈夫な革のこてをし、汗がしたたらないよう、額に布をしばりつける。

それから鍛冶場に入り、大鎚で鉄を砕きにかかった。鉄塊が小さな欠けらになるまで、根気よく鎚を振るう。砕いた欠けらは幅広の鉄棒の上に積み重ね、灰で包み、さらに泥水を塗って固定した。そうすることで、鉄の芯まで火を通すことができるのだ。

その作業だけで日が暮れていたが、寝るのが惜しくて、沙耶は続けて火をおこした。かまどの中にどんどんそだを放りこみ、ふいごを使って空気を送りこむ。そうして徐々に赤く、大きくなっていく炎から、沙耶は片時も目を離さなかった。

火を見ろ。火の声を聞け。

それが父から教わった最初のことだ。そうするうちに、鉄にとって最もよい、円熟した炎の色を、その熱さを見極められるようになるのだ。

炎の色が紫がかった薄紅色となり、見事な火花をふきあげ始めた時、沙耶は初めて鉄をかまどの中に入れた。

炎の中で、鉄は徐々に色を変え始めた。まるで命を宿したかのように、じんわりと明るい黄金色に光りだす。

沙耶は気持ちが高揚してくるのを抑えられないでいた。自分の名を広く知らしめる絶好の機会だ。絶対に成功させなければ。

『見ていろよ、親父さま。おれ、絶対やってみせるから』

思わず心の中で父に呼びかけた。

武器を鍛えるほうが好きだと言った沙耶に、父親は女に戻れと言った。あれはきっと、沙耶の腕では武人を満足させられるような武器など到底鍛えられまいと、そう思ったからだろう。

自分は父を落胆させた。父の期待に応えられなかった。

そう考えるだけで、胸が張り裂けそうなほどつらかった。だが同時に、怒りや悔しさがじわじわとこみあげてくる。

だからこそ、今回の請けはなんとしても成功させたかった。そうすれば、黄泉(よみ)に旅立った父の魂も必ずや満足してくれるはずだ。

脳裏にはすでに剣の形が浮かんでいた。まっすぐとして、凍った水面のように鈍く光る、この上もなく美しい剣。王子の身を守り、王子の敵をなぎ払う、無敵の剣。あまたの敵の血と死を食らう、最強の刃。

頭に浮かぶその剣を、これからこの世に生み出すのだ。自分のために。自分の力を証明し、名声を勝ち取るために。

胸の奥で燃えているものが、悔しさなのか焦りなのか野心なのか、もはや沙耶にはわからなかった。わかっているのは、頭の先から足のつま先にいたるまで、熱く激しい力がみなぎっていることだけだ。

「やってやるぞ！」

十分に熱したあと、火から鉄をつかみだした。鉄は真っ赤に燃えていて、顔を近づけるだけで火傷(やけど)しそうなほど熱い。それを台に載せて、おもむろに沙耶は鎚(つち)を握った。

鎚を握った瞬間、沙耶からあらゆる意識が消し飛んだ。無我夢中になったのではない。別の生き物に完全に体を支配されたような、そんな感じだ。感じるのは、剣を生み出さなければという強い思いのみ。

その思いに操られるままに、沙耶は鎚を振り下ろした。

三

二月後の明け方、沙耶はようやく出来上がった剣を前に愕然としていた。

この二ヶ月、自分が何をしてきたのか、ぼんやりとしか覚えていなかった。はっきりと覚えているのは、最初にこの仕事場に入ってきて、鎚を握った時までのこと。それからあとのことは、霧がかかってしまったかのようにぼやけている。

だが、あの時の奇妙な感触は覚えていた。鎚を握ったあの瞬間、心の中に何かが滑りこんできたのだ。

それは沙耶に力を与え、剣を完成させよとささやいてきた。その声にうながされるがままに、沙耶は働いた。食べ物も飲み物もろくにとらず、眠ることとさえ忘れて。だが、不思議なことに、疲れはいっさい感じなかった。

「これまでにないほど切れる剣を。どの剣も歯がたたないほど強靭な剣を。どれほど戦っても、刃こぼれ一つしない剣を」

そのことだけを強く念じながら、もてるかぎりの技と力を鉄の中にそそぎこみ、鎚を振るい続けたのだ。沙耶の鎚の下で、鉄は黄金の火花を散らしながら薄く延ばされ、形を整えられ、刃となっていった。

刃が出来上がると、今度はそれを丹念に磨き、十日をかけて研ぎ澄ました。その後、もらった砂金を使って、美しい波紋を落としこんだ鞘と、瑠璃と翡翠をあしらった柄をていねいに作り上げ、それらを刃に取り付けた。

ようやく剣が完成した今、これまでの呪縛から解放されたかのように、沙耶は我に返り、眠りから覚めた目で剣を見つめた。

剣は美しかった。沙耶が思い描いた以上に美しかった。精巧な柄、見事な鞘もさることながら、なにより刃がすさまじかった。長く、杉の木のようにまっすぐで、信じられないほど磨きぬかれている。

そっと刃に触ってみた。すぐさま鋭い痛みが走った。軽く触れただけなのに、ぴっと肉を切り裂いたのだ。恐ろじいほどの切れ味だ。

慌てて指を離し、沙耶は改めて青黒い刀身を見た。見たとたん、目が離せなくなった。

氷のようになめらかで冷たく、ぎらぎらと青い妖気さえ発している刃。あまりにも美しく、あまりにも禍々しい。

吸いこまれてしまうような強い力を感じた。ぐんぐんと魂が引き寄せられる。輝きのさらに奥、暗闇のほうへと……

沙耶はもぎはなすように目をそらし、剣をぱちんと鞘の中にしまいこんだ。どうしてかはわからない。本能的な動作だった。気がつけば動悸(どうき)が激しくなっていた。走り続けたあとのように、息があがってしまっている。

「恐ろしい……」

自分は、とんでもないものをこの世に生み出してしまったのではないだろうか。

そんな気がしてならなかった。

これ以上この剣を見ていたくない。

沙耶は空の大甕(おおがめ)の中に剣を隠すと、よろよろと小屋に戻り、そのままどさりと横になった。毒のような疲労感が全身に広がっていた。沼の中に沈んでいくように、沙耶は眠りに落ちていった。

だが、夢の中にも安らぎはなかった。けたたましい笑い声と共に、あの剣が自分に向かって振り下ろされる悪夢を、繰り返し見たのである。

悪夢の中でもがいていると、突然、口に冷たい水がそそぎこまれるのを感じた。その確かな感触に、沙耶は夢から引き離された。

まぶたを開いてまず目に入ったのは、心配そうに自分をのぞきこんでくる護足(ごたり)のひげ面(づら)であった。

「あっ……ご、護足さま……？」

「気がついたか」

　ほっとしたように、護足は沙耶が身を起こすのを手伝ってくれた。

「ずいぶんうなされておったぞ。なんだってこんな所に倒れておった？　うんうん唸（うな）っていなければ、死んでいると思うところだぞ」

　恥ずかしさに沙耶は赤くなった。悪夢にうなされるなんて、まるで子供か女のようではないか。自分の弱さを見られてしまったことに、沙耶は身もだえしそうなほどだった。

　だが、そんな沙耶の心中など、護足にわかるはずもない。護足は心配そうにこちらを見つめ続けていた。

「ずいぶん痩（や）せたな。それにひどい顔色だ。大丈夫か？」

「ええ。大丈夫です。心配をおかけして、申し訳ありません」

　沙耶がしっかりとうなずくのを見て、護足はやっと肩の力を抜いた。

「まあ、話はあとだ。ともかく、近くの川ででも一浴びしてこい。何日体を洗っていないのか知らんが、すさまじい臭いだぞ」

　そう言われて初めて、沙耶は自分の体からとんでもない悪臭が立ちのぼっていることに気づいた。その臭いこと臭いこと。鼻がまがりそうなほど強烈だ。

　真っ赤になった沙耶は、着替えをつかみとって小屋の裏口から飛び出た。いつも水浴びをしている川はすぐそばにあるのだが、そこでは護足に裸を見られてしまうかもしれない。用心のため、わざわざ上流のほうまでのぼっていき、そこで体を洗った。

　水は冷たく、肌がびりびり痺れたが、体にこびりついた穢れをすっかり洗い落としてくれた。水から上がった時は、まさに生き返った気分だった。

　小屋に戻ると、護足がなにやら鍋で煮こんでいた。戻ってきた沙耶を見て、護足は苦笑した。

「一体どこまで行っていたのだ？　あんまり遅いので、山犬に食われたかと思ったぞ」

「す、すみません。なかなか臭いが取れなくて、上流のほうまで泳いでいったんです。あの……何しているんですか？」

「見ての通り、粥を作っておる。ぬしがいない間に、悪いが勝手にあさらせてもらった。よし。できたぞ。どうだ？　食べぬか？」

　そう言われたとたん、沙耶は自分がびっくりするほど空腹であることに気づいた。

　そう言えば、最後にきちんとした食事をしたのがいつであったか、思い出せなかった。あの剣を作っている間は、干し肉やひえ餅など、目についた物を適当に口の中に放りこんでいた。腐るちょっと手前のものまで、口にしていたような気がする。

『うえっ！』

　慌てて思い出すのをやめた。これ以上思い出したりしたら、せっかくの粥が食べられなくなりそうだ。

いそいそと囲炉裏の前に座る沙耶に、護足は椀にたっぷりと粥をよそって渡してくれた。

「そら、熱いぞ。気をつけて食え。それからもっと火によれ。暑さがしぶとく残っているとは言え、今はもう秋口だ。川の水は冷たかったろう。油断をすると、風邪をひくぞ」

そのまめまめしさは武人とは思えない。沙耶は思わず微笑んだ。

「護足さまは優しいんですね」

護足は照れたように頭をかいた。

「まあな。わしにはぬしと同じ年頃の娘がいるのでな。余計にぬしのことが気になってしまうのだろう」

せっかく口に運びかけた粥を、沙耶は取り落としそうになった。

「む、娘さんがいるってことは……奥方がいるんですか？」

「なんだ、その面食らった顔は？　いてはおかしいか？」

「い、いえ、別に……」

「露骨に驚くとは無礼なやつめ。まあ、いいから食え。冷めてしまう」

笑いながら護足はうながしてきた。

沙耶は粥を口にした。熱い粥はとてもおいしくて、四杯もおかわりをしてしまった。

護足は満足そうにそれを見ていた。

沙耶が満腹となると、護足はもう一度眠れと言ってきた。沙耶も、自分がどんなに疲れているかわかっていたので、護足の心遣いに感謝しながら床に入った。とたん眠りについていた。今度のは悪夢のない、快い回復の眠りであった。

目覚めたのは翌日の朝だった。体のだるさはすっかりとれ、力が戻っていた。

起きてみると、護足は今度はうまい山菜鍋をこしらえておいてくれていた。沙耶は旺盛（おうせい）な食欲でそれを平らげた。

鍋が空になり、沙耶がやっと人心地ついたのを見計らって、護足は話を切り出した。

「それで、どうなのだ？　例の品はできあがったのか？」

沙耶はぎくっと体をこわばらせた。

あの剣を見せてはいけない。護足に渡してはいけない。あれは邪悪なものだ。人手に渡せば、必ず災いを呼ぶだろう。

心の中で、善良な部分が声を大にして告げていた。

だが、もう一つの声が狡猾（こうかつ）にささやきかけてきた。

護足があの剣を見えないところに持っていってくれるなら、いい厄介払いができるではないか。剣の持ち主となるのは見知らぬ王子であって、自分とはなんの関わりもないのだから。

様々な考えが頭の中を駆け巡った。だが、それはほんの一瞬だった。

「……はい。出来ています」

そう答え、沙耶は剣を持ってきた。

「うむ……」

「ご、護足さま？」

「いや、すまん。ぬしを見くびっていたと、反省しておるのだ。その歳でこれだけのものをこしらえられるとは、たいしたものだな」

そう言いながら、護足は今度は剣を鞘から抜き放った。

とたん、そのごつい顔がこわばった。

護足が何を感じたのか、沙耶にはすぐにわかった。あの禍々しい冷気のようなものを、剣から感じたに違いない。

これ以上は見ていられないとばかりに、護足は慌ただしく剣を鞘にしまった。それからわずかに青ざめた顔で、沙耶のほうを向いてきた。

沙耶は体がぎゅっと縮みそうになった。さあ、なんと言われるだろう？　こんな剣はいらぬと、突っ返されてしまうだろうか？

怯（おび）える沙耶に、護足はぎこちないながらも笑いかけてきた。

「すばらしい。よくやったぞ、佐矢琉（さやる）。まこと、王族の贈り物にふさわしい品だ」

沙耶は安堵の息をついた。これで剣は護足によって王子のもとに運ばれる。自分の前から完全に消えるのだ。それが嬉しかった。

だが、その思いは、帰ろうとする護足を見送ろうと、小屋から出た時に打ち砕かれた。小屋の前にある大桂の木には、馬が二頭つないであったのである。一頭は見覚えのある護足の黒馬だが、もう一頭は見知らぬ鹿毛の馬である。

なんで二頭も馬を連れてきたのだろうと、沙耶は不思議に思って尋ねた。

「なんですか、この馬は？」

「むろん、ぬしが乗るための馬だ」

護足はにやっとし、沙耶はあっけにとられた顔となった。

「おれが？　おれがこの馬に乗る？」

「そうだ。歳若い匠と聞いて、王がぬしに興味を持たれてな。剣と共に、ぬしも連れて来いとのおおせだ」

「へっ？　いえ、お、おれはそんな……」

「言っておくが、断ることは許さぬぞ。いやだと言うのなら、縄でくくりつけてでも連れて行く」

護足は本気で言っていた。

沙耶は観念し、小屋の戸締まりをすませてから、鹿毛の馬の前に立った。近くで見ると、じれったそうにいなないている馬は、小山のように大きく見える。

「これに乗るんですか？」

沙耶の情けない声に、護足は意外そうに首を傾げた。

「なんだ？　本当に乗ったことがないのか？　ならば教えてやる。知っておいたほうがよいぞ。ぬしも男なのだからな」

その一言でがぜんやる気になった沙耶は、護足が何か言いかけるのも聞かず、ばっと馬の背によじ登ろうとした。

とたん、驚いた馬に放り出されたのである。

きれいに茂みのほうに飛ばされていく沙耶を見て、護足は「こりゃ先が思いやられるわい」と、小さくつぶやいた。

四

「いてててっ！」

うめき声をあげながら、沙耶は馬からおりた。固い地面を踏んだとたん、ほっとして涙が出そうになった。夜になっていてよかったと、つくづく思った。明るかったら、今の自分の情けない顔を人に見られてしまうところだ。

三雲山の小屋を出たのが、真昼の頃。日没から小半刻ほど経った今、護足の家についたのだから、三刻あまりの旅だったわけだ。だが、今日のこの三刻ほど長く苦しい時間を、沙耶は味わったことがなかった。

慣れない馬の上でゆられて過ごしたために、体が痛くてたまらない。ことに、馬のわき腹を足ではさみこむようにして乗れと言われていたので、足の付け根がぱんぱんに張っていて、歩くのもままならないほどだ。へっぴり腰でよろよろしている沙耶を見て、厩の下人も笑いを噛み殺している。

護足がいじわるげな声を投げつけてきた。

「ほれほれ、何をよろよろしとる。まっすぐ歩かんか」

「足が閉じられないのに、どうやってまっすぐ歩けって言うんですか！　無茶言わないでください！」

「情けないのう。ぬしはもっと骨のある男だと思ったのだがな」

　ぐっと沙耶は唇を嚙み締めた。「男」という言葉が沙耶の泣き所であると、護足はしっかりつかんでしまったようだ。道中もさんざんそれを言っては、沙耶をからかってきた。

　沙耶は恨みがましげに護足を見た。

「……おれ、護足さまってもっと優しい人だと思ってましたよ」

「残念だったな、当てがはずれて」

　にやにやしながら厩を出て行く護足。そのあとに続きながら、やはり山を出るのではなかったと、沙耶は心の中でこぼした。

　そんな二人を出迎えてくれた者たちがいた。優しげな中年の女と二人の幼い男の子、それに沙耶と同じ年頃の娘である。四人はにこにこ笑いながら護足に飛びついた。

「お帰りなさいませ」

「お父さま、お帰りなさい！」

「おう！　今帰ったぞ、千夏。栃彦、卯彦、紀美香。みんな良い子にしておったか？」

　迎えられる護足のほうも、笑み崩れながら太い腕で家族を抱きしめる。

『本当に奥方と子供がいたのか。それにしても、奥方、わりと美人じゃないか。こんなこと言っちゃ悪いけど、よく護足さまに嫁いだもんだな。子供たちも奥方似でよかった。特に女の子はな。これで護足さまの顔にそっくりだったら、かなりかわいそうなことになってたぞ』

道中いじめられた腹いせとばかりに、そんなことをこっそり考えて、沙耶は思わずにししと笑った。その笑ったところを、護足の妻に見られてしまった。

慌てて笑いを引っこめる沙耶に、彼女は親しげに笑いかけてきた。

「そちらが三雲山からお連れした匠殿なのですね」

「ああ。佐矢琉という。二日後の阿古矢さまの成人の宴に連れて行く。それまでうちでもてなしてくれ、千夏」

「喜んで」

千夏はふくよかな顔に温かい笑みを浮かべて、沙耶に挨拶してきた。

「ようこそ。わたしは護足の妻の千夏です。これは娘の紀美香、それと息子の栃彦に卯彦です。我が家によく来てくれました。どうか自分の家と思って、くつろいでくださいね」

その声には客人に対するというより、自分の息子に対するような親しみが含まれていた。どういうわけか気恥ずかしくなって、沙耶は顔を赤らめながら礼を言った。

「あ、ありがとうございます」

その沙耶の顔を、千夏はしげしげとながめた。

「本当にずいぶんとお若い。失礼ですが、おいくつです？」

「この春に十六になりました」

「まあ、それでは紀美香のほうが少し年上なだけですね。本当に、まるで新しい息子ができたよう。ささ、紀美香。佐矢琉殿をお部屋に案内してさしあげなさい」

紀美香はこくりとうなずいた。色白の、ぱっちりとした目が愛らしい娘だ。沙耶が見つめると、その白い頬にみるみる血をのぼらせた。

「こちらです」

聞き取れないような声で小さく言い、紀美香は沙耶を母屋の部屋に案内してくれた。部屋は小さかったが、こまやかにそうじがされており、居心地がよさそうだった。

沙耶が持ってきたわずかな荷を置いていると、紀美香が口を開いた。

「あの、夕餉（ゆうげ）のしたくがもう整っていますので、どうぞこちらへ」

「ありがとう」

沙耶が礼を言うと、紀美香はまた真っ赤になった。

案内された食事の間はかなり大きなものだった。中央にある大きな囲炉裏は、六人の大人が囲んでも、まだ十分に座る場所はありそうだ。そこにはすでに護足と二人の息子が座っていた。

三歳くらいの卯彦は、父親の膝の上に乗せてもらっていた。兄の栃彦はうらやましそうに弟を見ているが、もう膝に乗せてもらう歳ではないので、ぐっと我慢している。

入ってきた沙耶と紀美香を、護足は笑顔で招いた。

「おう、来たか。まあ、こっちに座れ」

護足の真向かいに座ると、隣に座っている栃彦がこちらをじっと見てきた。大きな目がきらきらしている。沙耶に声をかけてもらいたくて、うずうずしているのだ。そこで沙耶は声をかけてやった。

「やあ、君が栃彦だろ？　いくつだい？」

「六つです！　あと二月で七つになります！」

顔を真っ赤にして勢いこんで答える栃彦。

「そうか。しっかりしているね、栃彦は」

褒められて、栃彦は嬉しげな笑顔となる。すると、兄に負けまいと思ったのか、卯彦が護足の膝から降りて、沙耶に抱きついてきた。「卯彦はね、三つだよ！」と、大きな声で繰り返し言う。

すっかり沙耶に夢中になっている息子たちに、護足は苦笑した。

「やれやれ。ぬしはわしの息子どもを独り占めしておるぞ」

「これもおれの魅力がなせるわざですよ、護足さま」

「こいつめ。ぬけぬけと言いよるわ」

そこへ、千夏が端女（はしため）たちと共に夕餉を運んできた。漂ってきたおいしそうな匂いに、沙耶は一瞬気が遠くなった。なにしろこの三刻の間はほとんど飲まず食わずだったので、食べ盛りの沙耶の腹はとっくに空っぽになっていたのだ。

『やっぱり……来てよかったかも』

千夏の心づくしの料理を頬張りながら、沙耶は初めてそう思った。


次の日はまる一日、沙耶は護足の家族と共に過ごした。

千夏は、本当に沙耶を新しい息子と思ってくれているらしく、なにやかやと世話を焼きたがった。物心つく前に母を亡くし、身の回りのことは自分でしてきた沙耶にとっては、おもはゆいことであった。だが、嬉しくなかったわけではない。

『おふくろさまが生きていたら、きっとこんな感じだったんだろうな』

そう思い、千夏の温かさに不思議な懐かしさを感じた。

栃彦と卯彦は沙耶にべったりだ。どこに行くにもついてきたがる。無心に自分を好いてくれる二人がかわいくて、沙耶も相撲をとってやったり、どんなふうに鉄を鍛えるのか話してやったりした。

一番うまくいっていないのは紀美香とだった。とにかく恥ずかしがり屋で、沙耶が声をかけるだけで真っ赤になってしまう。そばにいても、かたくなに目をあわせようとしない。そのくせ、ちらちらとまなざしを送ってくるのだ。沙耶にはわけのわからないことであった。

　ともかく、楽しい一日はあっという間に過ぎた。

　その夜、沙耶は護足に呼ばれて、彼の部屋に入った。部屋の中は武人のものらしく、簡素で飾り気がなかった。だが、置かれた武具はきれいに手入れされ、いつでも出陣できるように整えられている。

　二人はその床に座り、お互いに見つめあった。

　沙耶の体には緊張があった。今朝からずっと感じていた気の高ぶりは、夜となってさらに強まってきていた。

　明日はいよいよ宮に赴き、世継ぎの王子に剣を捧げるのだ。この辺り一帯の豪族や一族の長を一つに束ねる、最高の権力を持つ伊佐穂の王。いずれはその地位につく王子に、あの剣は気に入ってもらえるだろうか。考えると震えが止まらなくなりそうだ。

　顔をこわばらせている沙耶に、護足はずばりと切り出した。

「不安か？」

「もちろんです。おれ、山からほとんど出たこともないし……偉い人たちの前で、とんでもない粗相をしてしまいそうで……」

怖いのだと、正直に沙耶は打ち明けた。

護足はうなずき、行李(こうり)から白いものを取り出した。

「ほれ。これをやろう。王の前に出るのなら、きちんとしたものを着なくてはな」

渡してくれたのは白い上衣と、それと対になっている白い袴(はかま)であった。

沙耶は胸が詰まった。白装束は、鍛冶(かじ)の匠の正装なのである。まだそれを持っていなかった沙耶にとって、どんな物よりも嬉しい贈り物だった。

だが、ありがたく受け取ったものの、困ってしまった。護足は期待したようにこちらを見てくる。ここで沙耶に着替えてもらいたいのだろう。だが、それはできない。できるわけがない。

もじもじしている沙耶に、不思議そうに護足は尋ねてきた。

「どうした？　着替えんのか？」

「いえ、その……向こうで着替えてきてもいいですか？」

「ははは っ！　何を恥ずかしがっておる？　男同士ではないか。なんだったら、わしが着るのを手伝ってやるぞ」

「結構です！　おれ、やっぱり向こうの部屋で着替えてきますから！」

どうしてだと、護足は尋ねながら迫ってくる。追い詰められて、沙耶は冷や汗をにじませた。このままでは、護足に着ているものを剝(は)ぎ取られてしまいそうだ。なんとかして、言い逃れをしなければ。

やっとのことで一つ嘘を思いついた。

「それはその、し、尻にでっかいできものがあるもんで……」

ところが、苦しまぎれのこの嘘に、護足は目を輝かせたのだ。

「本当か？　じつはわしにもあるのだ。ほら、ここなのだが」

と、袴を脱いで見せようとしたので、沙耶は兎のように逃げてしまった。あとにはきょとんとした護足が残った。

「なんだ、あやつは？」

そのつぶやきに答えてくれる者はいなかった。


自分の部屋に逃げ帰った沙耶は、周りに人気がないことを確かめてから、素早く着ていたものを脱ぎ、匠の装束に着替えた。

雪白の装束に身を固めると、自分でも思いもしなかったほど気が引きしまった。匠としての誇りがふつふつとわきあがってくる。

これを着ていれば大丈夫だ。もう何も怖くない。

落ち着いた表情で部屋から出てきた沙耶に、ちょうど出くわした千夏と娘の紀美香は、目を見張った。

「まあ、よく似合うこと」

「そ、そうですか？　似合ってますか、おれ？」

「ええ。顔が一段と大人びて、りりしく見えますよ。ねえ、紀美香？」

紀美香は答えなかった。ぼうっとした目で、沙耶に見惚れていたのだ。

沙耶はぞくっとした。紀美香のまなざしが奇妙な熱をはらんでいるような気がして、胸がざわついたのだ。

気のせいだと思いたかったが、不安はしこりのように胸に残った。

五

翌日、夕暮れも近い頃に護足(ごたり)と沙耶(さや)は家を出た。どちらも正装をまとい、沙耶の手には紫紺の絹にくるんだ剣がある。

胸をどきどきさせながら、四半刻ほど馬にゆすられたあとであったか。小高い丘の上に出た。

先に立って歩いていた護足が、下方を指差した。

「ほら、あれが伊佐穂(いさほ)の宮。神々の裔(すえ)であらせられる、尊きお方たちが住まう場所だ」

見下ろし、沙耶は絶句した。

丘の下に広がっていたのは緑の草原ではなく、完全に整えられた、見事な館(やかた)であったのだ。彩色がほどこされた太い柱、漆がけのされた屋根がまばゆく日の光に照らし出されている。どっしりとした構えの、なんと堂々としていることか。

荘厳な宮のあまりの大きさに、沙耶は圧倒された。沙耶が知っている一番大きな里の、さらに二倍はあるではないか。感動すると同時に、こんな所に住んでいては迷子になってしまうだろうなと、変なことを考えてしまった。

沙耶たちは丘をおり、正門に近づいた。すでに他国からもぞくぞくと人が集まっているのがわかった。彼らが連れてきた馬には、それぞれ祝いの品が山と積まれている。この品々の前では、自分の剣などかすんでしまうのではと、沙耶は不安になったが、

「なあに。ぬしの剣にまさる物はないさ」と、護足は励ましてくれた。

宮に入ると、二人はまず小さな小部屋を与えられ、軽い食事も出された。遠国からの客はまだ揃ってはおらず、宴までは時間があるというのだ。

落ち着かない気分で待つこと一刻あまり。宴の支度が整ったと、ようやく下働きの娘が呼びに来た。その娘のあとについて、入り組んだ廊下や長い渡殿（わたどの）を歩いた。

そうして着いた先は、馬が五十頭は入ってしまいそうな大広間であった。

そこはすでに人で満ちていた。下座を占めるのは、護足と同じような王の忠臣たちだ。多くは武人であるらしい。楽しげに談話をしてはいるが、彼らの目は油断なく辺りに配られている。この宴に招かれると同時に、警護もまかされているのだと、沙耶は悟った。

中座には、異国の王族やその使いの者が座っていた。彼らは落ち着きなく動き、一人ずつ上座の前に進み出ては、祝いの言葉と贈り物を差し出している。

その上座に座っているのは、たった三人だった。二人の男と一人の女である。壮年の男が中央に座り、右に女が、左に年若い青年が位置している。

中央の男は、海のような深い瑠璃（るり）色の衣をまとい、結った髪には見事な玉を惜しげ

もなく飾っていた。顔立ちは鷹を思わせるほど険しく、雄々しく、だがその鋭い目には茶目っ気もあるのだ。男盛りのたくましい体は、充実した気に満ち満ちている。

その隣にいる着飾った中年の女。若い頃は輝かんばかりであったろうかんばせは、わずかな衰えを見せているものの、今でも十分に白く美しい。だが、傲慢に頭をもたげ、細い狐目でまわりを見下す姿は、あまり気持ちのよいものではなかった。炎を思わせる真紅の衣も、女の気性の荒さを映し出しているかのようだ。

どちらにしても人目をひく男女である。だが、沙耶はその二人よりも、左にいる淡い水色の衣をまとった若者に惹きつけられた。

一度見たら、決して忘れられない。若者はそんな人だった。

男としては華奢な体の持ち主だが、弱々しい感じは少しもなく、若木のように優美でしなやかであった。肌はきめこまかく、川底の砂のごとく白い。美しく結ってある髪は豊かで、星をちりばめた夜空に負けないほどつややかだ。結ってあるのを解きほぐしたら、滝のように流れ落ちるに違いない。

その黒髪にふちどられていたのは、驚くほどの美貌だった。白銀で作られたかのような面の中に、すんなりとした鼻筋が、気品に満ちたまなざしが、得も言われぬ麗しい唇が集まり、玲瓏とした美を作り上げている。それこそ月からこぼれた雫のような美しさだ。

だが、その美しさはどこかいびつだった。

内面の醜さや傲慢さが表れ出ているというわけではない。傲慢どころか、若者はあくまでも優しく穏やかだ。ただ、歳相応の若々しさや華やぎというものがまるでないのだ。かわりに奇妙な危うさがあり、それが陰りを落としている。

そのせいだろうか。美貌の若者は異質な空気をまとっていた。この世にいながら、別の世界に足を踏み入れているかのような……

いや、ただ単に沙耶がそう感じただけかもしれない。

背筋が寒くなるほどの美しさがあるのだと、この時沙耶は感じていた。こういう思いに捕らわれるのはこれが二度目だ。一度目は、他ならぬあの剣を見た時に感じた。あの時も、やはり魂が引きずられるような心地がした。怖いのに、なぜか目が離せないのだ。

むさぼるように若者を見つめていた沙耶に、護足が小声で教えてくれた。

「中央に座っておられるのが倉部王さま。右におられるのは后の須世利姫さま。そして、左におられるのが、今宵二十歳になられた阿古矢王子さまだ。どうだ？　見事なお方だろう？」

見事なお方。ああ、この王子を言い表すのに、これ以上の言葉はないだろう。

こくりとうなずいたあと、沙耶は気になったことを尋ねた。

「王子と后はまるで似ていませんね」

「それはそうだろう。血のつながりはないのだ。阿古矢王子の母君は須世利姫さまではなく、前の后、阿佐根姫さまだ。阿佐根姫さまが四年前に亡くなられたので、第二の妃であられた須世利姫さまが后の座におさまった。それ以来よくごたごたが起きる」

苦々しげに吐き出す護足。

「ごたごたってなんです？」

「うむ。須世利姫さまは男の御子を産んでおられてな。実子であるその加津稚王子を次の王に据えたいと、躍起になって阿古矢王子を陥れようとなされるのだ。そういうことをなされるので、宮が荒れる。いや、加津稚王子も、王として素質がなくはないのだが、少し困ったところがおありでな。下々の者からはそれは慕われているのだが、なんと言うか、やんちゃ坊主と言い表すのがぴったりのお方で……」

ああっ、と沙耶はうなずいた。

「なるほど。王にするには今一つってわけですね？」

「こら、声が大きい」

護足が慌てて沙耶の口を封じたところで、倉部王からお呼びがかかった。

「おお、護足。そのような所で何をしておる。わしの望みの物を持ってきたと申すのなら、遠慮はいらん。前にまいれ」

思ったとおり、力強い声音だ。人を従わせる力がある。

護足は沙耶に「ついてこい」と言って、上座へと歩いていった。上座から五歩ほど離れた場所まで来ると、二人はひざまずいた。

「倉部王。お望みの品と、お望みの者を連れてまいりました」

沙耶を見て、王はおもしろそうに笑った。

「おまえが匠か。なるほど、確かに若い。十六だそうだな。名はなんという？」

「み、三雲の、佐矢琉と、申します！」

緊張のあまり、沙耶は信じられないほど大きな声で答えてしまった。しかも、その声は甲高く裏返っていた。まるで娘のような声だと、沙耶は自分の失態に真っ赤になった。もっとゆったりと落ち着いて返事が出来ればよかったのに！

だが、その初々しさと緊張しきった声が、王の耳には心地よかったらしい。王はゆさゆさと体をゆらすように笑った。

「ほう。なかなかしっかり答えるではないか。さすがは若くても、鉄の秘密を握る鍛冶の者よ。その若さでどのような物が作れたか、ぜひ見てみたい。いいかげんな品であったら、阿古矢に贈ることはできぬからな。さあ、剣を見せよ」

「は、はい」

沙耶は震える手で包んでいた絹を取り払い、剣を王に差し出した。一目見て、倉部王は大きくうなずいた。

「なるほど。鞘と柄の造りがこれほどに見事であれば、剣の真髄である刃のほうは疑いようもあるまい。礼を言うぞ、三雲の佐矢琉。見事な仕事をしてくれた。残りの報酬はあとで護足に預けよう。これはわしからの気持ちだ。取っておけ」

そう言って、王は指にはめていた翡翠の指輪を沙耶に渡した。

「も、も、もったいなくぞんじます」

「ははは っ！　そう硬くならずともよいわ。おまえにはこれからも武具を鍛えてもらうかもしれぬ。護足、よい匠を見つけてくれたな。嬉しく思うぞ」

それから倉部王は、隣に座る息子に目を向け、剣を差し出した。

「阿古矢。これはわしからだ。そなたも今宵から立派な男。一人前の男は、それなりの剣を腰に下げるものだ。さあ、受け取るがよい」

阿古矢王子はうやうやしく剣を受け取った。

「ありがとうございます、父上。心からお礼を申し上げます」

それから王子は沙耶にも目を向け、ゆるやかに口を開いた。

「そなたにも礼を言うよ、三雲の佐矢琉。わたしのためにすばらしい品を生み出してくれて、ありがとう」

水の流れにも似た声であり、楽の調べのごとき抑揚であった。

沙耶は頭がくらくらした。この美しい人が自分に声をかけてくれた。そのことが嬉しくて、でも怖くて……。

何か馬鹿なことをやってしまいそうな自分を必死で抑えつけ、沙耶はやっとのことで一礼した。

「も、も、もったいないお言葉でございます」

そうして、逃げるように護足と共に下座へ戻った。

倉部王は笑いながら息子をながめやった。

「あれはそなたの美しさに取りつかれなかったようだな。珍しいことがあるものよ。そなたを目にした者は、男女を問わずそなたに恋い焦がれるというのに」

父の言葉に、阿古矢は困ったように微笑んだ。

「父上、お戯れを」

「はははは！　何を照れておる。まことのことではないか。まあ、剣を抜いて刃を見てみよ。あの若者、若いがかなりの腕と見た。きっと見事な出来栄えであろう」

「はい」

阿古矢王子は剣を鞘から抜き放った。そして、現れた青黒い刃に目を奪われた。

一方、下座の自分の席に戻った沙耶は、阿古矢王子が剣を抜いているのを見て、息をつめた。王子が恍惚（こうこつ）とした表情を浮かべているのが、遠くからでもわかる。沙耶は身震いした。自分でさえ正視できなかった剣の刃を、あの優しげな王子が見つめている。とても不思議な、とても恐ろしいような気がしたのだ。

　惚れ惚れと刃を見つめていた王子を我に返したのは、父王の隣に座っている須世利姫の、鋭い声であった。

「阿古矢さま。いつまでそうしておられるおつもりですか？　あなたの成人を祝うため、みなさまは遠路はるばる来てくださったのですよ。その方々に目をお向けにならないとは。父君の贈り物がお気に召したのはわかりますが、それでは他の方々の立場がないではありませぬか」

　義理の息子をたしなめる須世利姫の声には、はかりしれない棘があった。阿古矢は慌てて剣を鞘にしまい、父の妻に詫びを入れた。

「失礼をいたしました、須世利姫さま。つい、刃のきらめきに見入ってしまいまして」

「まあ、これはおかしなことを。阿古矢さまは武勇ではなく、智に優れておられるはず。野蛮な剣ではなく、学問を愛しておられる方が、どういう変わりようでございましょう」

　痛烈な皮肉に、阿古矢王子の穏やかな表情がほんの少しこわばった。よさぬかと王は止めたが、須世利姫の赤い唇は毒蛇のように動き続ける。

「阿古矢さまは本当にお優しいお方。それにつけても我が子、加津稚王子は落ち着きのない猛者で。今だって、この祝いの席に現れようともしない。阿古矢さまの、女子も顔負けの優しさが、あの子にほんの少しでもあればよいものを。もっとも、見目麗しい阿古矢さまならばともかく、あの子が女子となったら目のやり場に困りましょうねえ。それはいかつい女子になることでしょうから」

我が子に手を焼いているとこぼしておいて、実は阿古矢を女のようだとあざけっているのだ。

須世利姫の声はよく通るため、一言一句にいたるまで、下座にいる沙耶の耳にも届いた。

しんと気まずく静まる中で、くすくすと笑い声があがった。

笑ったのは、豪奢(ごうしゃ)な絹をまとった十三歳ほどの姫であった。おもざしがよく似ているところを見ると、須世利姫の娘なのだろう。いじわるな笑い方がそっくりで、沙耶は一目でその娘が嫌いになった。

『それにしても、どうして阿古矢王子は怒ろうとなさらないんだ？　おれだったら、あの性悪女の顔をひっぱたくまではいかなくても、厩(うまや)に引きずって行って、馬の糞(くそ)の中に放りこんでやるのに。あんなこと言われっぱなしになってるなんて、悔しいじゃないか』

王子はあいまいに笑い、須世利姫の侮辱にも黙って耐えている。その忍耐強さを、沙耶が歯がゆく思った時だ。

「いかつい女子になるかどうか、その目で見てからおっしゃってくださいよ、母上」

若々しい声と共に、その場にひらりと飛びこんできた者がいた。

沙耶はあんぐりと口を開けた。飛びこんできたのはどう見ても若者だったのだが、その格好はとんでもないものだったのだ。

なんと、若者は白の羽衣と鮮やかな緋(ひ)の裳(も)をまとっていたのである。つまり、女の格好をしているのだ。まとっている羽衣は薄絹であるため、鍛えられたたくましい体が透けて見え、ひどく見目麗しくない。

そのうえ、彫りの深い顔には白粉(おしろい)をぬりたくり、目元にも唇にもどぎつい色の紅をさしている。かたそうな髪を女と同じように結い、かんざしで飾るという凝りようだ。

女装の若者を見るなり、須世利姫は卒倒しそうになった。金切り声で叫ぶ。

「何の真似です、加津稚！」

若者はくねっとしなを作ってみせる。

「いやですわ。母上がおっしゃったのですのよ。女子のような優しさが加津稚にもほしいと。ですから、こうして着飾ってみたわけですの。ほほほ。いかがでございます？　お気に召しまして？」

「加津稚！」

「これからは『かづめ』とお呼びになって」

母の鬼のような形相も、加津稚王子はまったく気にならないらしい。そのやりとりに、こらえきれずに沙耶はふきだした。沙耶だけではない。他の者たちもいっせいに笑い出す。とぼけた王子の登場のおかげで、張り詰めていた宴の空気は一気になごんだ。

阿古矢王子は感謝の目で弟を見た。この腹違いの弟は、いつも大変な時に自分を助けてくれる。

加津稚王子は軽やかな足取りで上座の兄に近寄ると、つつましく膝（ひざ）をつき、女らしく一礼した。

「阿古矢兄上さま、成人の儀、まことにおめでとうございます。若駒にも似て雄々しく、須賀（すが）の山にも似てすがすがしく、桜の花にも似て麗しい兄上さま。まこと、春の男神がこの場に現れたかのようでございます。あらためてお祝いを申し上げたく存じますが、その前に、わたくしが宴に遅れましたことをどうかお許しくださりませ。いと尊き兄上さまの御前に出ますのに、みっともない格好をしてはならないと思い、それで手間取りましたもので」

甲高い作り声で弟が言えば、兄はもっともらしくうなずく。

「美しい言祝（ことほ）ぎをありがとう。もちろん、遅れたことは許すとも。それにしても、美（み）

緒姫の他にこんなに美しい妹がわたしにいたとは知らなかった。やれやれ。父上もお人が悪い」

兄王子の冗談に、またしても人々は笑う。

周囲に愛嬌を振りまいていた加津稚だが、この時、兄の腰に見たことのない剣がさげられていることに気づいた。思わず地声に戻って尋ねた。

「兄上。そのお腰の剣は？」

「ああ、父上からいただいたのだよ。すばらしい品でね、思わず見入ってしまったほどだ。信じられるかい？　このわたしがだよ？」

「本当ですか？　それほどのものなら、ああ、ぜひおれにも見せてください」

「よいとも」

兄から剣を受け取ると、加津稚は鞘からほんの少し剣を抜き、一瞬見てから、すぐに鞘に戻してしまった。

沙耶には加津稚王子の気持ちがよくわかった。あの剣はあまりにも美しすぎて、感嘆よりも恐怖を先に覚えてしまうのだ。

自分の怯えを押し隠すかのように、加津稚王子は早口で言った。

「なるほど。すばらしい剣ですね。兄上が見惚れてしまうのも無理はない。まるで魂が吸いこまれてしまいそうだ。作ったのはどこの匠ですか？」

「三雲の佐矢琉という者だ。そなたより一つ年下の若者だよ」

「十六歳の若者が？　この剣を作った？」

　信じられぬと加津稚はつぶやく。

「それはぜひとも会いたいものです。どこに住んでいるのですか？」

「ははは。わざわざ訪ねに行く必要はないよ。佐矢琉ならこの場にいる。ほら、あそこの隅に座っている。護足の隣にいる、白の匠装束をまとっているのがそうだ」

「ああ、あれですか。では、ちょっと挨拶に行ってきます」

　王子は荒っぽく裳をたくしあげ、たくましい足をすねまでむき出しにして、大またで沙耶のほうへ歩いていった。本当の女ならまずやらない動作に、またしても笑いがわき起こった。

　一方、型破りな王子がずかずかと自分に近づいてくるのを見て、沙耶は息が止まりそうになった。どこかに逃げる場所はないかと見回したが、そうこうしている間に王子に捕まってしまった。

　片膝をつき、加津稚王子は真剣な目で沙耶の目をのぞきこんできた。黒い目にらんらんとした覇気が燃えている。女の衣をまとい、化粧をしていても、今土子の全身から発散されているのは武人としての気迫だ。その気迫に、沙耶は圧倒された。

　鋼を思わせるような鋭い声で、加津稚は尋ねた。

「おまえが三雲の佐矢琉か？」

「は、はい」

王子はそのまま睨むように沙耶を見据えた。沙耶が味方なのか、それとも敵なのか、見極めているかのような、そんな疑り深い激しいまなざしだった。

これ以上耐えられない。

沙耶がそう思った時、王子は急ににこっと笑った。白い歯がきれいに見える。太陽のように明るい笑いだった。

「三雲の佐矢琉。おまえを覚えておくぞ。おれの成人の折には、ぜひとも兄上のと同じほど良い剣を作ってくれ」

「は、はい」

「うむ。絶対だぞ」

それを聞きつけて、父王は笑った。

「まだ三年も先だというのに、もう約束を取り付けるとは。せっかちな加津稚らしいな」

「いいえ、そんなことはありませぬ」

尖った声を出したのは、むろん須世利姫だ。

「なにも二十歳まで待たなくともよいではありませぬか。あなたさまが成人なされたのは十八と聞いております。加津稚はすでに十七。成人するのには十分すぎる年頃です」

「須世利……」

「力業で加津稚にかなう若者はこの国にはおりませぬし、武人としての素質を疑う者もおりません。若い頃のあなたさまと生き写しの息子を、いつまでも子供として扱うのはいかがなものかと、わたしは思います」

だが、王が何か言うよりも早く、加津稚王子は母に言っていた。

「お言葉ですが、母上、おれはまだ子供のままで結構ですよ。子供でいれば、女の湯(ゆ)浴(あ)みをのぞいても、いたずらですまされますから。そう言えば、母上の下女はたっぷりとしたいい乳をしていましたよ」

「加津稚！」

須世利姫の絶叫は、わきおこった笑い声にかき消されてしまう。その大笑いの中で、ただ一人、沙耶だけは暗く口を閉じていた。

沙耶は上座に目を向けていた。調子に乗って踊り始めた加津稚王子を見ていたのではない。その後ろにいる阿古矢王子を見ていたのだ。

阿古矢王子はまたしても例の剣を抜き、刃に見入っているところだった。見つめずにはいられないとばかりに、熱心にまなざしを刃にそそいでいる。盛り上がり始めた弟の歌舞も、まるで目に入らぬようだ。

そんな阿古矢王子を見るうちに、なんとも不安な思いが黒雲のように沙耶の胸にわきあがってきた。この不吉な予感がはずれればよいがと、沙耶は願わずにはいられなかった。

六

宴は朝まで続くことになっていたが、沙耶(さや)は護足(ごたり)に断りを入れ、一足先に退出させてもらった。慣れない場所でずっと緊張していたために、すっかり疲れてしまったのだ。少しでもいいから休みたいと、与えられた部屋を目指して暗い廊下を歩きだした。

だが、宮はあきれるほど広く、すぐに迷ってしまった。

さ迷っているうちに、庭に面した渡り廊下に出た。夜空ではこうこうとした満月が輝き、夜の庭を淡く照らし出している。

月のぞくりとするような美しさに、阿古矢(あこや)王子のことを思い出した。あの人に微笑みかけられた時、全てをなげうってあの人の前にひれ伏し、そばに仕えたいという強烈な想いに取りつかれた。あの時の、魂さえからみとられるような感触は、今も生々しい。

思い出して身震いした時だ。どすどすという荒い足音が聞こえてきた。

とっさに沙耶は太い柱の陰に隠れた。なぜかわからないが、ここにいてはまずいと感じたのだ。

やってきたのは二人だった。一人は正装に着替えた加津稚(かづち)王子、もう一人は須世利(すせり)

姫（ひめ）とよく似たあの少女である。

沙耶は頭を引っこめ、早く立ち去ってくれないものかと祈った。だが、沙耶の祈りに反して、二人はそこに留（とど）まることを決めたようだ。まず少女の不満げな声が聞こえてきた。

「加津稚兄さま。一体なんのご用？　こんな所に連れてくるなんて。それにあんなに強く引っ張ることはないでしょう？　ほら、袖（そで）が少し破れてしまったわ」

だが、加津稚王子はそんなことは耳に入らぬようだ。厳しい顔で妹を問い詰める。

「美緒（みお）。さっきのあの態度はなんだ？」

「なんのこと？」

「阿古矢兄上に対する態度のことだ。なぜ宴の席で兄上を笑った？」

兄が本気で怒っていることに気づき、美緒は媚（こ）びるような笑みを浮かべた。

「だって、ほら、お母さまがお笑いになったじゃないの。だからつい……」

「母上が笑ったからといって、おまえはおまえの一番上の兄を笑うのか？」

「別にどうということはないでしょう？　いやだ、兄さま。どうしてそんな怖い顔をなさるの？」

美緒姫にはわけがわからないようだ。加津稚王子は押し殺した声で言った。

「どうってことないだと？　おまえにつられて、他の客までも笑ったんだぞ。おまえは伊佐穂の世継ぎに恥をかかせたんだ。おまえはわかっていないようだが、阿古矢兄上は次の王になられる貴い方だ。兄弟といえども、心から敬わなければならない方なんだ。それをなんだ、犬を相手にするように嘲笑って」

だが、美緒姫はさかしげに言い返した。

「あら、別に嘲笑ったわけじゃないわ。おかしいから、つい笑っただけよ。それに、次の王のことだけど、王になられるのは阿古矢兄さまではなく、加津……」

ばしっと、何かをはたく音と、少女の小さな悲鳴があがった。

「黙れ！　泣くな！」

加津稚王子は泣く妹を怒鳴りつけた。火傷しそうなほどの怒気が声にこもっている。

「くだらない戯言をおれの前で言うな！　いいか、そのことは二度と口にするな。今度言ったら許さんぞ。顔の皮を引ん剝いてやる」

美緒姫は負けていなかった。泣きながらわめく。

「お母さまに言いつけてやるから！　わ、わたしをぶったって！」

「いいとも。そのかわり、おれも父上にこのことを申し上げる。父上は、おまえに約束していた高地の玉飾りをおあずけになさるだろうよ」

「卑怯だわ！」

「何が卑怯だ。母上の言うことばかりを鵜呑みにして、どこかの国の王に嫁ぐことしか頭にないおまえに、何がわかる。さあ、話はこれだけだ。とっとと寝所へ行け。そこで優しい夫の夢でも見るがいい」

「兄さまなんか大嫌い！」

うわっと泣きながら、美緒姫は走り去った。

ふたたびその場は静けさに満たされた。我慢できなくなった沙耶は、そっと顔を出し、そして息をのんだ。

月明かりの中で、加津稚王子が寂しげな様子で立っていたのだ。りりしい顔には憂いが浮かんでいる。

これが、宴の時に女の姿でふざけまわった加津稚王子だろうか。これが、けいけいと光る目で沙耶を見据えたあの王子だろうか。

この王子にはいくたりもの顔があるようだと思った時、沙耶の足元で床板がかすかにきしんだ。

ぱっと加津稚王子が振り返った。手は腰の剣に伸び、殺気で目が光る。

「誰だ！」

このまま隠れていたら斬られてしまう。しかたなく、沙耶は気まずい思いを味わいながら、王子の前に出て行った。

沙耶を見て、加津稚は肩の力を抜いた。

「おまえか。こんな所で何をしていたんだ？」

沙耶は身をすくめながらも弁解した。

「あの、おれ、部屋に戻ろうと思って。でも、迷って、こ、ここに出てしまったんです。で、あんまり月がきれいだったから見ていたら、あなたと姫さまが来て……話の邪魔はしたくなかったので、隠れたんです。ほ、本当です！」

あえて盗み聞きをしようとしたのではないのだと、沙耶は知ってほしかった。そして沙耶のうろたえぶりは、十分にそのことを証明していた。

加津稚王子は肩をすくめた。

「とんだところを見られてしまったな。……驚いただろう、おれと美緒の話を聞いて？」

「……申し訳ありません」

「謝ることはない」

どさりと床にあぐらをかいて座った王子は、沙耶を手招いた。

「来いよ。このまま寝に行っても、今のことが気になって眠れないだろう？　話してやるから、隣に座れ」

「そんな恐れ多いことは」

「いいから座れ」

　しかたなく、沙耶は王子の隣におっかなびっくり座った。

「おい、そんなに怖がるなよ。兎じゃあるまいし」

　兎と言われたことに、沙耶はむっとして王子を睨んだ。だが、王子は沙耶を見てはいなかった。夜空にかかった満月を見つめながら、そのまま静かな声で話し始めた。

「もう知っているとは思うが、おれは兄上とは腹違いだ。兄上は父の一の后から生まれ、おれは二の妃から生まれた。兄上の母君は亡くなられ、今ではおれの母が正妻の地位につき、力を振るっている」

「はあ……」

「それだけならいいんだが、今度は、おれを王にしようなどと企み始めた。で、色々と兄上を陥れようと、飽きもせずに策略を練るのさ。まったく。我が母ながら、あの愚かさには泣きたくなる。このおれが王の器なものか」

　そう吐き捨てる加津稚王子の姿に、ふいに沙耶は悟った。この王子は兄をかばうためにわざとふざけた真似をし、自分は王にふさわしくないと、皆に訴えかけているのだと。

　こんなことを口にしていいのかわからなかったが、あえて沙耶は言った。

「でも、あなたは良い王になれる方だと、おれは思いますよ。あのぅ、阿古矢王子さまとはまた違った意味で、きちんと国を治められると思うんです。失礼ですが、阿古矢さまが戦に勝てる人だとは思えない。ご自分で兵をまとめ、国を守れるような人には見えません」

加津稚は目を見張った。

「おまえ、なかなかはっきり物を言うな」

「す、すみません。山育ちだから、れ、礼儀を知らなくて……お許しください」

「許すどころか、気に入ったぞ。おれは前から、思ったことをずばずば言ってくれる相手がほしかったんだ。どうだ。いっそおれの従者とならないか？」

「えっ？」

「いや、いきなり話を変えて悪かったな。忘れてくれ。兄上が武人には向かないと言ったな。確かに、そのことはおれも知っている」

加津稚王子は息をついた。

「兄上は優しすぎる。兵を率いての戦など、土台無理だ。時々心が乱れることもあるしな。だが、どうすれば国を豊かにできるか、民を幸せにできるかは知っている。今、伊佐穂に必要なのは、兄上のような人なのだ。もし戦になったら、おれが兄の代わりに兵を率いればいい。だが、国を治めるのは兄上でなければならないんだ」

力をこめて言う王子の目には、強い悲しみと憤りがある。心から慕っている兄と、自分を跡継ぎにしようと企む母。その間に挟まれて苦しんでいるこの若者を、沙耶は哀れに思った。

苦悩している王子を少しでも慰めたいと、沙耶は別の話をすることにした。わざと明るく尋ねた。

「おれ、鍛冶の子に生まれなかったら、猟師になりたかったと思っているんです。王子は？　もし王族に生まれなかったら、何をやりたかったですか？」

一瞬きょとんとしたものの、加津稚はすぐに目を輝かせて話に乗ってきた。

「もちろん、馬を育てる牧人になっていたさ。子馬の時から世話をして、良い馬に育てあげる。広い草原を馬と一緒に走り回るほどすばらしいことはないぞ」

それを聞いて、沙耶は顔をしかめた。

「そうですか？　おれはもう馬はこりごりですよ。ここに来るまでに、尻の皮が擦り切れるかと思いました。何度も落ちて、あざだらけにはなるし。帰りは歩いて帰ろうと思っています」

「ははは！　最初は誰だってそうだ。おまえは三雲山に住んでいるそうだな？　遠いとはいえないが、歩いて帰るのは大変だぞ。物騒だしな。そうだ。歩いて帰るのなら、おれが送っていってやろう。護衛してやるぞ」

王子は親切心からそう言ったのだろう。だが、弱く見られたと思った沙耶は、かっとなって怒鳴った。

「護衛なんか必要ありません！　おれは男だ！　誰かに守ってもらうような小娘なんかじゃない！」

「おいおい。そんなこと、誰も言っていないだろう？　まったく、おれより荒っぽいやつだなあ」

　あきれられて、沙耶は恥じ入った。

「すみません。つい、かっとなってしまって」

「まあいい。ともかく、帰るのは馬のほうがいいぞ。馬に慣れていないのなら、影麻呂（かげまろ）という年寄りの馬を貸してやる。あれならおとなしいから、おまえでも乗りこなせるさ」

「自信ないです」

　からかうように王子は沙耶を横目で見る。

「ほう。男のくせにやりもしないであきらめるのか」

　いじわるげな声に、沙耶はまたしても怒鳴っていた。

「誰が！　その影なんとかという馬でなくて結構です！　おれ、普通の馬で帰りますから！」

　くくくと体を折り曲げて笑いだす王子を、沙耶は剣呑（けんのん）なまなざしで睨みつけた。

「なんですか！　何がおかしいんです！」

「いや、本当におもしろいやつだなと思ってな。おいおい、そうふくれた顔をするなよ。馬のことだが、おまえの好きなようにしろ。そのかわり、護足についていかせるぞ。おまえが最後まできちんと馬に乗って帰ったかどうか、あいつに報告させる」

「……王子。性格が悪いって言われませんか？」

「憎まれ者ほど世にはばかるものなのさ。じゃ、おれはそろそろ宴に戻らせてもらうぞ。おまえの寝場所は、たぶん客人の間の左横にあるはずだ。ここから二つ目の角を左にまがり、それから四つ目で右にまがってすぐの所にある。今度は迷うなよ。それから、美緒が口にしていたことは、誰にも言わないでくれると助かる」

最後の一言は軽く口に出したという感じであったが、声には頼みこむような調子が含まれていた。

沙耶はにやっとした。

「誰にも言いません。おれが迷子になっていたことを、護足さまに黙っていてくれたらの話ですけど」

「こいつ！　図々しいぞ！」

「おっと！」

沙耶は身軽に王子の頭突きをかわし、一礼してから走り去った。加津稚は笑いながらその後ろ姿を見送った。

七

「うわっ！」

叫び声と共に、またしても沙耶(さや)は振り落とされ、強く腰を打ち付けていた。

「いってえ！」

涙目になりながら、自分を振り落とした馬を見上げた。勝ち誇ったように首をそらす、その憎らしいことと言ったら。沙耶は歯軋(はぎし)りした。

『ぶつ切りにして、鍋(なべ)に放りこんでやりたい！』

「これで落ちること十四回と」

のんびりとした声が聞こえてきた。ぎっと振り返れば、護足(ごたり)が腰の袋に、沙耶が落ちたことを意味する十四本目の小枝を入れているところだった。

「よくもまあ、そうころころと落ちるものだな。何度言わせれば気が済むのだ？　いいか、馬の体を両足でしっかりとはさみこむのだ」

「やっていますよ！　でも、こいつがやらせてくれないんです！」

叫び返しながら、どうしてとっとと山に戻らなかったのだろうと、沙耶は心の底から後悔していた。

阿古矢王子に剣を渡し終えたあと、沙耶は次の日にでも三雲山に戻るつもりだった。だが護足や千夏が、もう少し泊まっていけと引き止めたので、その好意に甘え、護足の家にて楽しい時間を過ごしたのだ。

しかし、ずるずると帰る日を引き延ばしていたものの、六日もすると、さすがに帰りたいと思い始めた。いくら歓迎されているとは言え、いつまでも厄介になっているわけにはいかないし、三雲山が恋しくなってきたのだ。

護足たちは残念がったものの、沙耶の気持ちを汲んで、すぐに帰り支度を整えてくれた。

そして今日の朝、すっかりなついてしまった栃彦と卯彦から身を引き離し、千夏や紀美香と別れを惜しんでいるところへ、下人が護足の黒馬と、もう一頭の鹿毛の馬を引いてきたのだ。

ここに来る時に乗ってきた馬ではないと一目でわかった。毛色は同じでも、仕草が、気迫が違うのである。前の馬を分別のある大人にたとえるなら、こちらは喧嘩っ早い若者だ。見るからに元気がよく、一時もじっとしていたくないとばかりに、足踏みをしている。

唖然としている沙耶に、護足がにやにやしながら言った。

「加津稚王子から預かってきた馬だ。ぬしに貸してやってくれと、王子がおっしゃってな。ああ、気をつけろ。王子の持ち馬の中でも、とびきり元気の良いやつだからな」

猛々(たけだけ)しくいななく馬を見つめ、沙耶はぼそりとつぶやいた。

「……あの人、おれを殺したいのかな?」

「まさか。おもしろがっているだけさ。ぬしのようにからかいがいのあるやつは、王子でなくともちょっかいを出したくなる。そらそら、馬に乗れ。日が暮れる前に三雲山に帰りたいのだろう?」

こんなのに乗るくらいなら歩いたほうがよっぽど速いと、沙耶は言い返したかった。が、「馬で帰ってみせる」と言ってしまった手前、あとには引けない。

色々な文句を飲みこみながら、しかたなくまたがった。尻(しり)の下で、馬が走り出したくてうずうずしているのが感じられる。

沙耶は、心配そうにこちらを見ている千夏たちに顔を向けた。

「お、お世話になりました」

それだけ言って、馬の腹を軽く蹴(け)ろうとした。とたん、馬が棹立(さおだ)ちになったのだ。いきなりだったこともあり、沙耶は見事に転げ落ちた。

それからこの三雲山のふもとに着くまで、何度ふり落とされたことか。王子に報告するためと言って、護足がしっかり数えているようだが、たった十四回とはとても思えなかった。もっとずっとたくさん落ちた気がする。

腰をさすりながら馬の上に這い登る沙耶に、護足がわざとらしく尋ねてきた。

「だいぶ痛めつけられておるな。わしが手綱を引いてやろうか？　そうすれば、扱いがぐっと楽になるぞ」

「それで王子にそのことを教えるんでしょう？　けっこうです！　おれ、最後まで自分一人で馬に乗って帰りますから！」

噛みつくように答える沙耶に、護足はあきれて笑った。

「かわいい顔をしとるくせに、まったく負けず嫌いな男よ。……だが、紀美香はぬしのそんなところに惹かれているらしい」

さりげなく言われ、沙耶は息を詰まらせた。その拍子にあぶみを踏み外し、またしても落馬してしまった。だが、今回は痛みも感じなかった。

「ご、ご、護足さま！　な、何を！」

慌てふためく沙耶に、護足はにやにやしながら言った。

「気づいておらぬとは言わせぬぞ。紀美香はぬしに惚れておる。どうやら一目惚れらしい。どうだ？　一つ、本気で考えてはみぬか？」

「へっ？」

「そう驚くことでもあるまい。紀美香は、わしが言うのもなんだが、良い娘だぞ。気性は優しく、料理も機織りも得意だ。顔だってなかなかのものだろう？　その気があるのなら、喜んでぬしにやるぞ。わしとしても、腕のよい匠が婿になるのは大歓迎だからな」

どうだと、護足は返事を求めてくる。

窮地に立たされ、沙耶は焦った。ふきだしてくる冷や汗をぬぐいながら、目まぐるしく頭を回転させる。やっとのことで答えた。

「すみません。それ、お受けすることはできないんです」

「どうしてだ？　紀美香ではいやか？」

「いえ、そういうわけじゃなくて……」

汗びっしょりとなりながら、ついに嘘をついた。一番波風の立たない嘘を。

「おれ、もう許婚がいるんです」

護足は、はっとした顔となって沙耶を見た。その目にみるみる後悔が浮かびあがるのを、沙耶はいたたまれない気持ちで見つめていた。

「そうか。ぬしも十六。言い交わした相手がいても当然だ。……いきなり尋ねることではなかったな。許せ。わしが浅はかだった」

「護足さま……」

「わかった。紀美香にはよく言ってきかせる。あの子は物分かりがよい。すぐにあきらめがつくだろう。嫌な思いをさせてすまなかった。この話は忘れてくれ」

重くなった空気を振り払うように、護足は明るく尋ねてきた。

「だが、一つ聞かせてくれぬか。ぬしの許婚はどんな娘なのだ？」

「……おれの遠縁の娘で、その、おれとよく似ています。小さな頃は双子のようにそっくりでした」

「そうか。そんなに似ているのか。では、ぬしらの子供が生まれたら、さぞかしぬしに似ていることだろうな。それこそ双子のように。ははははっ！」

護足は豪快に笑ったが、彼が落胆していることを、沙耶は感じ取っていた。

『ごめんなさい、護足さま。おれも、紀美香はいい娘だと思います。だけど、妻にするわけにはいかないんだ。だって、おれは、おれは……』

苦い思いを沙耶は飲みこんだ。

同じ頃、伊佐穂の宮では、加津稚王子が重いため息をついていた。母の須世利姫に呼び出され、叱責を食らったのは六日も前だというのに。母の甲高い声はまだ耳に残っている。思い出して、加津稚は顔をしかめた。

須世利姫は、宴の席での息子の振る舞いがよほど気に食わなかったらしい。翌日の朝になると、すぐに加津稚を後宮に呼び、その場で叱り始めたのだ。

「加津稚！　昨日のあれは、あれは一体なんのつもりですか！」

部屋に入ってきた息子に、須世利姫は怒声をあびせかけた。予想はしていたので、加津稚は涼しい顔で答えた。

「お気に召してはいただけませんでしたか。それは残念。楽しんでいただけると思ったのですが」

「加津稚！　そなたはどうして、どうしてこの母の言いつけに逆らうのですか！」

それが至上の悪だとでも言わんばかりに、須世利姫は叫ぶ。

「この頃は何かにつけて愚かな振る舞いをして。あれではそなたの名は地に落ちます。阿古矢王子にますます差をつけられてしまうではありませんか！」

「母上。それについては何度も言ったはずです」

加津稚は辛抱強く母に教えようとした。

「おれと兄上を並べようとすること自体が、間違っているのですよ。兄上は次の王になられる世継ぎの王子です。人望があり、王として申し分のない資質を持っておられる。おれは今の后であられる母上から生まれはしましたが、所詮は第二王子。兄上とは比べ物になりません。おれは兄上の影となるべく生まれ落ちたのです」

須世利姫は飛び上がって、息子にかじりついた。

「いいえ、そんなことはさせるものですか！　あの無能な、女顔の腰抜けの影になど、とんでもないことです！　そなたこそが王になるのです！　そなたはそうなるべく生まれついたのです。わたしは身ごもった時からわかっていた。そなたこそ次の王です！」

加津稚はさすがに怒りをこらえきれなくなった。声音が氷のように冷ややかになる。

「母上はどうかしている。おれを王と呼び、兄上を無能と呼ばわるとは。これから国を治めるのに必要なのは、武ではなく智なのです。国の中で誰が一番になるかを争うことではなく、伊佐穂を栄えさせることが大切なのです。わからないのですか、母上？　阿古矢王子にはそれができる。母上はことあるごとに兄上を腰抜けとおっしゃるが、兄上が武に秀でていないとあれば、おれが武として兄上を支えましょう」

須世利姫の顔が怒りに歪んだ。目に紅蓮の憤怒が燃え盛る。なまじ美しい女人であるだけに、その形相のすさまじさは寒気がするほどであった。

「そなたは……天翔けることをあきらめ、地を這いずりまわると申すのか！」

「地には地のよさがあります。天の高みに上る者は、常に孤独に苦しめられる。休む場所がなく、いつも一人で寒さに凍え、暑さに焦げる。そんな苦しみを味わいたくはない。おれには地のほうがよいのです」

息子の言葉に、須世利姫は胸をかきむしって身もだえした。

「情けない！　そなたを産んだことを、今日ほど後悔したことはありません。なんのためにあれほど苦労して産んだのやら！　美緒姫のほうが、そなたなどよりずっと頼もしい。ああ、あの子が王子として生まれていたなら……」

「ああ、美緒が男であれば、母上の思い通りに動いたことでしょう。なにしろ、母上に似て欲が深い子ですからね」

加津稚は母の嘆きをせせら笑い、親子は憎しみのまなざしを交わし合った。かすれた声を須世利姫は吐いた。

「出て行きなさい。今後わたしのそばに近づいてはならない。そなたが許しを乞わないかぎり、考えを改めないかぎり、そなたをわたしの息子とは思わぬ」

「それでは、これが永久の別れでございますね、母上。おれが考えを改めることはまずないでしょうから」

座を蹴るようにして加津稚は立ち上がり、退室したのだ。

今こうして自室で寝転がっていても、どうにもならない後味の悪さがあった。自分が母の怒りを買ったことはよいとして、これからの母の行動が不安だった。

「兄上に手出しをしなければよいが……」

加津稚に王になる気がないと知った以上、須世利姫はなりふりかまわず、それこそ阿古矢王子を亡き者にしてでも、息子を王に据えようとするだろう。国のことなど少しも考えず、自分が王母となることだけに執着している。そういう母なのだ。

あの母からよくぞ自分のような息子が生まれたものだと、加津稚はしみじみ思う。

『おれのへそまがりな性格と、それに父上のおかげだな』

倉部王(くらべおう)は、須世利姫から「次の王」として溺愛(できあい)される幼い息子を案じた。そこで加津稚が六歳になる前に母親から引き離し、護足をはじめとした腹心の者たちに教育を頼んだのだ。

須世利姫は最初は渋ったが、王子にふさわしい振る舞いを学ばせるためと説得されると、喜んで息子を手放した。大事なことは、我が子が王の座に就くことであって、手元に置いてかわいがることではなかったからだ。それに、かわいがる相手として、すでに須世利姫は娘の美緒姫を得ていた。

こうして加津稚王子は母の支配から逃れ、自由と常識を持つ青年へと成長することができた。そのかわり、妹の美緒姫は母の考えにすっかり毒されてしまった。母親そっくりになってしまった妹のことを思うと、加津稚の胸にはいつも怒りと哀れみが煮えてくる。

母を敵に回した以上、妹の動向にも目をくばらなくてはならない。母親にそそのかされ、女王になることを夢見るとも限らない少女なのだから。

父王は、阿古矢成人の宴の二日後に、東国へと旅立ってしまった。父がいない間に、母が何をするかわからない。これからは配下の者たちに命じて、兄の身にさらに気を配り、守らせるようにしなければ。

だが、そういうことを考えなければならないことに、加津稚は疲れていた。この権力争いにはもうまっぴらだ。宮という場所が息苦しくてたまらない。

「外に行けたら。外で生きていけたら」

だが、それはできないのだ。兄が名実共に伊佐穂の王となるまで、自分は兄を守らなければならない。それは、加津稚が自分に課した誓いだった。兄が好きだからこそ、そう誓ったのだ。しかし、時々その誓いがひどく重く感じられることもある。

ふと、「王子でなければ何をしたいか」などと、突拍子もないことを尋ねてきた三雲の佐矢琉のことを思い出した。あの笑顔を思い出すと、胸の中にたまっていた苦いものがすっと溶けていった。

それにしても、おもしろい若者だった。十六だと聞いたが、まだ声変わりもしておらず、あごや頬も少女のようになめらかだった。そのくせ気が強くて、弱いと見られるのが大嫌いと見える。

「まったく。ああいう奴がそばにいると、和めるんだがなあ」

佐矢琉のふくれた顔を思い出して、くすりと笑った時だった。空気を切り裂くように高い悲鳴が聞こえてきて、加津稚は飛び上がった。

「な、なんだ！」

悲鳴は長々と続き、途切れることがないようだ。王子は剣をつかみとって部屋を飛び出し、悲鳴のするほうへ駆けた。

廊下の角をまがったところで、一人の下女が取り乱しながら泣き喚いているところに出くわした。仲間の娘たちが落ち着かせようと口々に叫んでいるため、騒ぎはますます大きくなるばかりだ。

「静まれ！」

びんと響く王子の声音に、娘たちはぴたりと黙りこんだ。静まる中、一人がびくびくしながら口を開いた。

「か、加津稚王子さま……騒いで申し訳ありませぬ」

「そんなことはどうでもいい。これはなんの騒ぎだ？　一体どうした？」

「それが……この子はさきほど牢にいる罪人たちに食事を持っていったのですが、いきなりわめきながら駆け戻ってきまして……泣き止ませようとしたのですが……」

加津稚はそれ以上聞かず、うずくまっている娘を無理やり抱え上げ、その目をのぞきこんだ。娘はすでに泣き止んでいたが、目は丸く見開かれており、鏡のようにうつろだ。

ぶつぶつと唇が動いていたので、何をしゃべっているのかと耳をよせた。娘は夜鷹のようにしわがれた声でつぶやいていた。

「お、お、王子さまが……阿古矢王子さまが……」

加津稚は自分の顔色が変わるのを感じた。思わず娘の肩を激しくゆさぶった。

「兄？　兄上がどうされた？　何かあったのか？」

だが、娘は切れ切れと言葉を吐き出すばかりだ。

「ろ、牢で……剣が、ああ、血が！」

加津稚は娘を放し、猛然と走り出した。背後で娘たちが声をあげるのが聞こえたが、意に介さなかった。とにかく牢に行かなければ。そこで何かが、兄に関わりのある何かが起こったのは間違いない。

風のように走りながら、兄の無事を痛いほど祈った。

ようやく、本宮から離れた場所に建てられた、牢の棟にたどり着いた。頑丈な扉はわずかに開き、その扉の前では護衛たちが真っ青な顔をしながら、かわるがわる内部をのぞきこんでいた。入ってよいものだろうかと迷っているらしい。

だが、むろん加津稚は迷わなかった。

「あっ！　加津稚さま！」

「どけっ！」

護衛を突き飛ばし、大きく扉を開いた。とたん、どっと鼻に流れこんできたのは、胸が悪くなるような血の臭いだった。

加津稚は我を忘れて中に飛びこんだ。

飛びこんだ加津稚の前に、すいっと影が立ちふさがった。阿古矢の影人、弓真呂であった。

弓真呂はひっそりとした若い男だ。さほど大柄でもたくましくもないが、いざとなれば、剣を見事に操り、強弓を楽々と引き絞る。その恐るべき力を普段は隠したまま、この男は阿古矢王子に付き従っている。まさしく王子の影なのだ。

実際、この男の存在に気づける者は、ほとんどいなかった。皆は、輝く月のような阿古矢に目を奪われてしまうし、完全に自分の気配を消している弓真呂に気づくのは、加津稚でさえ難しいことなのだ。

なにしろこの男は、自分の存在をそこらの柱や壁のように、「ただそこにあるもの」として溶けこませてしまう。そうして気配を消しつつも、決して油断することなく阿古矢王子を守っているのだ。

加津稚は弓真呂を見つめた。細面の、おとなしげな顔は、どことなく阿古矢王子と似たところがある。それもそのはずで、弓真呂は阿古矢の従兄でもあるのだ。と言っても、母方の従兄であって、加津稚とは血のつながりはない。

自分とは異なる方法で阿古矢を守っている弓真呂に、加津稚はある種の親しみを感じていた。この凄腕の影人がいなければ、阿古矢王子の身はもっと危ういものになっ

「兄上！」

ていただろう。この男が兄のそばにいるとわかっているからこそ、加津稚はある程度の心の平安を得ているのだ。

だが、今、弓真呂の顔はわずかに青ざめていた。弓真呂の動揺を目にし、加津稚は胸を突かれるような衝撃をくらった。この男が青ざめるほどのことが起きたのだ！

「兄上は！　ご無事なのか？」

わめく加津稚の前で、影人はこくりとうなずき、ちらりと視線を横に滑らせた。加津稚もそちらを見た。

太い竹格子で小さく区画された牢は薄暗く、血の臭いが立ちこめていた。だが、加津稚が想像していた最悪の光景はなかった。

加津稚の前、戸口から差しこむ光の中に、抜き身の剣を手にした阿古矢王子が立っていた。髪は乱れ、着ている衣は血で黒く染まっているが、その顔はいつもと同じように穏やかだった。

「やあ、加津稚」

にっこりと微笑みかけてくる兄に、加津稚は首筋の毛がちりちりと逆立つのを感じた。ぞっとするような恐怖を、兄に覚えたのだ。

「あ、兄上。ご無事でしたか」

「無事？　ああ、わたしが危険な目にあったのではないかと、心配してくれたのだね。

悪かった。だが、わたしはこのとおり傷一つないよ」

「ですが、そ、その血は？」

「ここに閉じこめられていた罪人たちのものだよ」

ことなげに阿古矢は答えた。

言われて見てみれば、阿古矢の足元にはごろごろと人が転がっている。いずれも息をしていなかった。

「斬ったのですか？　兄上が？　な、なぜそのようなことを？」

あえぐ弟に、心外そうに阿古矢は眉をひそめた。

「なぜ？　この者たちは重い罪を犯し、処刑を待っていた者たちなのだろう？　だが、罪人とはいえ、ここに閉じこめられたまま、死の恐怖を長く味わうというのは気の毒だ。だから一思いに楽にしてやったのだよ。この剣の切れ味も試したかったしね」

最後の一言が本音だろうと、加津稚は思った。それでもまだ信じられなかった。虫を殺すのさえ嫌うこの優しい兄が、こんなにも簡単に人の命を奪うとは。

めまいをこらえて中に踏みこみ、死体の数を数えた。死体は十四体あった。だが、十四人もの人を斬ったというのに、阿古矢王子の手に握られた剣、三雲の佐矢琉が作った剣の刃には、血曇りがまったく見当たらない。それどころか、前よりもぎらついた輝きが発せられているかのようだ。

血の味を知ったせいだと、加津稚は思った。初めて見た時から、加津稚はその剣を恐れていた。普通の器物とは思えなかったのだ。生き物のように、何かが中で脈打っているのを感じた。そして、兄はそれを完全に目覚めさせてしまったのだ。

弟の恐怖には気づかず、阿古矢王子は誇らしげに剣をかかげてみせた。

「これは本当にすばらしい剣だよ、加津稚。十人あまり斬ったのに、ほら、前よりもずっと美しくなっている。そうだ。おまえにはこの剣の秘密を見せてあげよう。ごらん」

阿古矢は足元の血だまりの中に剣の先をつけ、それからふたたび持ち上げた。弟王子が見つめる前で、刃についていた血はすっと消えていく。下に滴り落ちたのではない。刃の中に飲みこまれていったのだ。

「ね？　このとおり、血を吸いこんでしまうのだよ。だから、決して刃が濁ることはない。ごらん、この輝きを。まるで日輪のようじゃないか。今にもっともっと強まって、それこそ地上の全てを照らし出すほどになるだろう」

「………」

「ああ、今良い名を思いついたよ。日天丸（ひてんまる）だ。これの名は日天丸にする。これにふさわしい名だろう？」

日天丸。天に輝く太陽神の幼名。これほどこの剣と相容（あいい）れぬ名はないだろう。

魔性の剣に神名を与えるとはと、加津稚王子はおののいた。

だが、弟の青ざめた顔も目に入らぬ様子で、阿古矢王子はさも愛(いと)しげに剣を撫(な)でた。

「日天丸……これは血を吸うたびに美しく、強くなるのだ。強く、このうえなく強くなり、わたしを守ってくれる。この剣はわたしのために生まれたのだよ。わたしのためだけに……」

その瞳(ひとみ)は、美しい夢でも見ているかのように和んでいた。が、ふと我に返った様子で、阿古矢は加津稚を見た。

「そうだ。加津稚、これからはわたしの元に罪人どもをよこすよう、皆に伝えておいておくれ。処刑はわたしの手で行うから」

「しかし、兄上！」

「どんな小さな罪も許してはならない。小さな悪も、見逃しておけばどんどん膨らみ、大きな災いとなるからね。父上はわたしを信じて、伊佐穂を預けてくだされた。そのご期待を裏切るわけにはいかない。父上がお帰りになるまでに、わたしはこの国の穢(けが)れを一つ残らず拭(ぬぐ)い去るつもりだよ。この日天丸を用いてね」

そう言って、もうここには用はないとばかりに、阿古矢は戸口から出て行った。するりと、影人の弓真呂があとに続いた。

二人が立ち去ったあとも、加津稚は呆然(ぼうぜん)と立ちすくんでいた。今や悪寒は全身に広がっている。

『佐矢琉！　おまえ、一体何を作った？　何を兄上に渡したんだ？』

その心の叫びに、答えてくれる者はいなかった。

八

無事に三雲山の小屋に戻った沙耶は、二、三日ほどごろごろとしていた。四年は働かなくともいいくらいの稼ぎが手に入ったことだし、急ぎの依頼も今はない。こうして家でのんびりするのは実にすばらしいことだなと、しみじみと思った。

だが、若い体はいつまでも休んでいることをよしとしなかった。のんびりすることにすぐに飽きた沙耶は、近辺の里に行って道具の修理などを請けおうようになった。鍛冶場に、また楽しげな鎚の音が響き始めた。

そうこうするうちに秋は深まり、やがて冬の気配が忍び寄ってきた。今年の初冬の風にはなにやら不気味な冷ややかさがあった。唸りを押さえている獣のような、容赦のない気配が、北のほうから流れてくる。

今年は厳しい冬になるだろうと、沙耶は思い、なぜか胸がざわついた。災いがやってくるような、嫌な予感がしてしかたなかったのだ。それを追い払うためにも、いつも以上に働くようにした。

木の葉が散りだしたある日の昼下がり、沙耶は山道を歩いていた。修理した道具を橋上ノ里に届けた帰りだ。いつもなら飛ぶように軽い足取りが、今日ばかりはのろのろとしていた。背負った籠の重さに苦しめられていたのだ。

籠の中に詰まっている食べ物は、里の人々がくれたおすそわけだ。ありがたい贈り物だったが、そのせいで籠は悲鳴をあげたくなるほど重くなってしまっていた。ずっしりと肩に紐が食いこみ、痛くてたまらない。

おまけに、沙耶は調子がよくなかった。疲れがたまっているのか、ここ数日どうも体がだるい。頭もぼうっとしてふらふらした。

「風邪引きそうなのかもな。とっとと帰って寝よう」

早く帰ろうと、沙耶は力の入らない足に踏ん張りをきかせた。

だが、やっとのことで小屋の前までたどりついてみれば、二頭の馬がつながれているのが目に飛びこんできた。思わず目をしばたたかせた。どちらの馬にも見覚えがあったからである。

沙耶が近づいてくるのを見て、黒馬のほうが嬉しげにいなないた。そのいななきに、がらっと小屋の戸口を開けて、護足と加津稚王子が飛び出してきた。

「佐矢琉！　よかった。いてくれたか！」

「小屋にいなかったので、どこかに越してしまったかと思ったぞ！」

二人とも沙耶に飛びつかんばかりだ。その熱烈な歓迎ぶりを、沙耶は素直に喜べなかった。二人の顔にも声にも、切羽詰まったものがあったのだ。

「何かあったんですか？」

用心深く尋ねる沙耶に、加津稚王子が苦しげに顔を歪ませた。

「佐矢琉。おれに剣を作ってほしいのだ」

なんだ、そんなことかと、沙耶は微笑んだが、王子はどんどん声を大きくしていく。

「ただの剣ではないぞ。兄上に差し上げたのよりも、ずっと優れたやつだ。あの剣を打ち破る剣がほしい。どうだ、作れるか？　どうなんだ！」

最後は咆哮のような怒鳴り声だった。

沙耶はびくりとした。見れば、王子も護足も疲れきっているようだ。体がというより、心が痛めつけられているのだとわかる。

「何かあったんですか？」

もう一度尋ねると、それまで押し黙っていた護足が暗い声を吐いた。

「阿古矢王子さまは……ぬしの作った剣のせいで、すっかり変わられてしまった。剣に日天丸という名をつけて、昼も夜も片時も離されぬ。剣など嫌いだとおっしゃっていたのが嘘のようだ。だが、問題はそこではない。処刑と称して、気まぐれに人を斬り殺すようになられたのだ。嘘ではないぞ、佐矢琉。最初は罪人を斬っていたが、それでは追いつかなくなって、今では些細な失態をした下々の者にまで、日天丸を振るわれるほどだ」

なんの冗談かと、沙耶は笑おうとした。だが、できなかった。顔がこわばってしまって動かないのだ。実は、加津稚たちを見た時から、勘が告げていたのだ。あの剣が原因で、何か恐ろしいことが起こったのだと。

青ざめて立ちすくんでいる沙耶を、加津稚は赤くただれた目で見つめた。

「信じられないか？　無理もない。おれだって、この目であの光景を見なければ、決して信じなかっただろう。だが本当のことだ。あの日天丸はもはや剣ではない。兄上を操る化け物だ。血を求めるのは兄上ではない。あの剣だ。際限なく血を吸いたがる……」

こみあげてくる激情を抑えきれないのだろう。加津稚はわなわなと震えていた。

「そして……そして兄上はもはや完全に剣の虜だ。いずれは正気に戻ると信じていたが、考えが甘かった。日天丸を満足させるために、兄上は何か口実を設けて、近くの国に戦をしかけたいと考えておられるくらいだ」

唯一阿古矢王子を止められうる人物、父王は東国に行っているのだという。冬の終わりには帰ってくるそうだが、それを待っていたら民の半分が殺されてしまう。そう語る加津稚の声からは、血がにじむような悲しみがあふれでていた。

「このままでは兄上も国もだめになる。佐矢琉。新しく剣を鍛えてくれ。日天丸に対抗できる剣、あの魔性の剣を打ち砕ける剣を！　たとえ兄上と戦うことになっても、おれは兄上を正気に戻したい。それができないというのなら、せめて兄の魂を解き放ちたいんだ。頼む！　佐矢琉！　新たな剣をこのおれに！」

　王子はそう叫ぶなり、沙耶の前に膝をついたのである。護足もそれにならう。

　二人に頭を下げられ、沙耶は動揺した。自分があの剣を鍛えなければ、こんなことにならなかったのに。二人はそのことを一言も責めない。それどころか頭を下げさえしたのだ。胸がいっぱいになった。

「必ず、必ず作り上げてみせます。どうか二月、いえ、一月の猶予をください」

「わかった。一月後にまた来る。おまえを信じているぞ、佐矢琉」

　ほっとしたように肩の力を抜く王子に、沙耶はささやきかけた。

「王子……おれを許してくれますか？」

　目から涙があふれだした。泣くのは恥ずかしいこと、女がすることと思っていたが、どうにも涙が止まらない。きりきりと胸が痛んで、息をするのも苦しかった。

「お、お、おれが日天丸を作らなければ、あ、阿古矢さまは人を、殺したりなんか絶対なさらなかったのに。おれ、知っていたんです。あれが良くないものだってわかっていたのに、名を広めたいって欲に負けて、わ、渡してしまった。お、おれが……」

　それ以上は言えなかった。加津稚の強い腕に抱きしめられ、言葉を封じこまれたのだ。

「佐矢琉、それは言っても始まらない。こんなことになって、残念だとは思う。ことに、おまえは苦しいだろう。だが、今は悔やんでいる暇はない。おれたちは前に進むしかないんだ。わかるな？」

「は、はい……」

「わかればいい……なあ、佐矢琉。おまえはいいやつだ。だから自分を責めるな。な？」

弟にでもするように、王子は沙耶に笑いかけた。それから護足のほうを振り返った。

「護足。例の物を佐矢琉に渡せ」

「はっ！」

護足が渡してくれたのは、漆黒の鉄塊だった。

「北で採れた最高の鉄だ。これ以上の物はない。これを使ってくれ。装飾などに凝るなよ。斬れればいいのだからな」

「はい……」

沙耶は少しずつ落ち着いてきた。そうだ。今は前に進むことを考えなければならない。沙耶の心を読み取り、加津稚はかすかに笑った。疲れた顔にかつての笑いがよみがえる。

「そうだ。その意気だ。その意気でやってくれ。佐矢琉。おまえを信じているぞ」

そうして、王子と護足は馬に乗って去っていった。

二人が目の前から消えるなり、沙耶は素早く動いた。火をおこし、準備を慌ただしく整える。我を忘れて働いた。そうしないと、後悔の念で魂が押しつぶされそうだったのだ。

だが、変化は起きようとしていた。

いざ火の中に鉄を入れようとした時だ。鈍い痛みを感じて、沙耶は戸惑った。腹をくだしたわけでもないのに、下腹がかすかに痛むのだ。

なにくそと、痛みを無視して働こうとした。今は風邪をひいている暇などないのだ。

だが、ずんと痛みは強くなり、寒気がしてきた。

「くそ!」

冷や汗さえ出てきて、沙耶はうめいた。

なんだこれは? どうして体に力が入らないのだ? それに、なぜこんなにも心細いのだ?

わけもわからない苦しみと不安に震えた時、なんだか股の間がべたべたとしていることに気づいた。

こんな所にまで汗が伝わっているのかと、布で太ももをぬぐった。ついでに顔もふこうと布を持ち上げて、ぎょっとした。布は赤黒いもので染まっていたのである。

沙耶はまじまじとそれを見つめた。

赤。黒く見えるほどに濃い紅。ざくろの実よりもさらに強く、見つめているとこちらが呑みこまれてしまいそうな深みがある深紅。

鍛冶の匠にとって、赤とは炎の色だ。なにより喜ばしい、祝うべき色だ。だが、この布についた赤は、それとは違う。炎ではなく、黄泉に通じる禍つ色だ。そこからあふれる不吉さと、つんと鼻につく鉄臭い匂いに、目がちかちかした。

『血だ……』

ただのよごれなどではない。これは血なのだ。鍛冶場の神がなにより忌む穢れなのだ。

足のどこかに怪我をしていたのだと、むりやり思おうとした。だが、またしても血が流れるのがわかった。足からではなく、もっと沙耶の内部から。

血の流れは震える足を伝わり、土に染みこんでいく。広がっていく赤とも黒とも言える染みは、まるで大地を汚しているかのようだ。

全身を走るおぞましさに、たまらずに沙耶は吐いていた。吐き続ける間も、耳には父の言葉が強くこだましていた。

《おまえもいつかは女になる。月に一度血を流すようになる。鍛冶の神さまは血がことのほかお嫌いだ。だから、女は鍛冶をしてはいけない。そう決まっているのだ》

「う、嘘だ！」

頭の中の声を打ち払おうと、沙耶は大声でわめいた。

「違う……こんなこと、あ、あっていいわけない！」

よろよろと鍛冶場を這い出し、沙耶は深い木立に向かって叫んだ。

「ど、どうして！　どうしてなのですか、三雲の神よ！　お、お、おれはあなたに守られていたはずです！　あなたはおれのことを見捨てたもうたのか……ああ、違う！　そんなことがあるわけない。おれが女になるわけがないんだ！　神よ！　お願いです！　答えてください！　これは間違いだと、そう言ってください！　神よ！　神よ！」

泣きじゃくりながら祈る沙耶。だが、神の言葉が聞こえてくることはなかった。

波のように押し寄せてきた絶望に、沙耶はついにうずくまってしまった。

もうだめだ。自分は血を流す女になってしまったのだ。もう鍛冶場に入ることはできない。もう剣を鍛えることはできない。日天丸を止めることはできなくなってしまったのだ。よりにもよって、今、月のものが始まってしまうとは。

こんなことになるのだったら、初めから鍛冶場になど入らなければよかった……

五歳の時に戻れればと思いながら、沙耶は気を失った。

九

冷たい床の上に引きずり出された沙耶(さや)は、恐る恐る顔をあげた。

沙耶の前には、七人の男女が石のように並んで腰をおろしていた。三雲山(みくもやま)にある七つの里の、それぞれの首長(おびと)たちだ。

こちらを見る七人の目は冷ややかだった。見たことのない獣を前にしているかのように、恐れと好奇がないまぜになった表情を浮かべている首長もいる。

沙耶は身をすくませた。以前であれば、怒りと誇りをこめて彼らを睨(にら)み返してやっただろう。だが、今の沙耶にはそれすらできなかった。恥ずかしさでいっぱいになりながら、沙耶は顔をうつむかせた。

もっと慎重になるべきだったと、いくら悔いても遅すぎた。

月のものを迎えたあの日、沙耶は半狂乱となって山の中に飛びこみ、神を探して一晩中走り回った。だが、下腹を襲う痛みと出血は激しく、ついには動けなくなってしまった。狩りに来ていた緑ノ上里(みどりのかみさと)の男たちが偶然その場を通りかかって見つけてくれなかったら、命を落としていたかもしれない。

彼らは半ば気を失っていた沙耶を里に連れて行き、介抱にかかった。そして、沙耶の秘密を知ったのだ。

三雲の佐矢琉（さやる）は、じつは女であった。

そのことはまたたくまに七つの里全てに知れ渡り、あちこちから人が集まってきて、沙耶を一目見ようと騒ぎ立てた。その騒ぎは次第に恐ろしい熱気をはらんでいった。そのままだったら、沙耶は捕らえられた獣のごとく皆のなぶりものにされていたかもしれない。

だが、意外なことに、女たちが沙耶を守ってくれた。

「この子が男に化けてたことなんて、今はどうでもいい。大事なのは、この子が月のものを迎えているってことだ」

そう言って、女たちは沙耶を月小屋に連れて行った。そこは女たちが月のものを迎えている間過ごす家で、共同で使われる。月小屋には女以外はいっさい近づいてはならなかったため、野次馬たちもあきらめざるを得なかった。

沙耶はそこで女たちから手厚く介抱され、色々なことを教わった。痛みの和らげ方や、血を押さえる下帯の仕方、それに月のものがなぜあるかということも。

「月のものは祝いだよ。そりゃつらい時もあるし、面倒なことではあるけれど。でも、大きな喜びも持ってきてくれる。これで夫も持てるし、子供だって産める。あんたもこれで一人前さ」

「そうそう。初めてのことで、戸惑ったかもしれないけど。怖がらなくたっていいんだよ。女は子を産み、豊かさをもたらす。女が月ごとに流す血は、命の血なんだから」

女たちが誇らしそうに言う言葉は、だが沙耶になんのなぐさめにもならなかった。寝わらの上に横たわりながら、思わずつっけんどんに言い返した。

「それならなんでこんな月小屋なんてところに押しこめられる？　月のものの間は、ここから出ちゃいけないし、男とは誰とも会っちゃいけない。やっぱり血が障りをもたらすからだろう？」

沙耶の激しい言葉に、女たちはどっと笑った。

「いやだねえ、この子は。ほんとに何も知らないんだから。男だったって言うのも、うなずけるよ」

「ほんとにねえ。いいかい？　障りがあるから、月小屋に入れられるんじゃない。もちろん、男どもはやたら血を怖がるけどね。でも、あたしらは血なんか怖くないって、ちゃんとわかっているのさ」

月小屋は、月のものを迎えた女が安全に休むためにあるのだと、女たちは話した。

「自分の家だと、亭主や子供の世話があって、なかなか休めないだろう？　でも、ここに来れば、そんなことからは解放される。煮炊きも別の誰かがやってくれる」

「それに、女同士、心おきなく色々と話せるしね」

くすくす笑う女たちは、とにかく楽しげだった。

「さあさ、いい子だから横になりなよ。温めた石でも持ってこようか？　腹に置くと、痛みが和らぐよ」

年配の女が気をつかってくれた。沙耶はやっとずっと聞きたかったことを口にした。

「なんで、そんなに親切にしてくれるんです？　おれは……女のくせに鍛冶(かじ)をやっていた、罪人なのに。どうして？」

「……確かに、外ではそうだろうね。あんたは掟破(おきてやぶ)りだ。あたしらだって、あんたをじろじろ見ただろうさ。でもね、この月小屋では違う。ここでは誰でも女であるだけだ。ここにいる間は安全だよ」

でもと、女は言葉を続けた。

「数日もすれば、あんたの月のものは終わる。あんたは小屋を出ないといけなくなる。だから今のうちにしっかり休んで、あたしらに甘えておき。外に出てしまったら……もう守ってあげられないから」

そして今日、沙耶は月小屋から出された。月小屋に入れられてから五日が経っていた。痛みと出血はすでに終わっている。だるかった体も嘘のように楽になり、活力が戻りつつあった。

だが、元通りというわけではない。沙耶は変わった。力が弱くなり、涙もろくなった。ひきしまっていた体は柔らかくなり、胸も前より大きくなったような気がする。少なくとも、沙耶はそう感じていた。

『もう男にはなれないんだ……』

絶望する沙耶を、屈強な男たちが出迎えた。

沙耶はそのまま最も大きな土ノ姫里へと連れて行かれることとなった。かろうじて縄はかけられなかったが、男たちは罪人として沙耶を扱った。一言も口をきこうとせず、ただ持っている長い棒の先でつついて、こちらの足を急がせる。

そんな沙耶を、たくさんの里人たちが見ていた。ある者は気の毒そうに沙耶を見ていたし、中には力づけるように微笑みかけてくる者もいた。

だが、そうした好意的なまなざしは少なかった。ほとんどの里人の顔に浮かぶのは、理解できないものに対する恐怖と嫌悪だった。忌まわしげにつばを吐く者もいれば、憎々しげに罵声をあびせる者もいる。

沙耶は心を空にして、恥ずかしさと恐れを消し去ろうと努めた。だが、自分が作った道具を誰かが目の前に投げ捨ててきた時は、さすがに怒りがこみあげた。

『おれは確かに禁忌を破った。だけど、匠として、恥じるようなものを作った覚えはないぞ！』

沙耶は怒鳴ってやろうとしたが、その気配を感じた男がすさかず棒で背中を突いてきた。

そうして不愉快な思いをたっぷり味わった末、沙耶は土ノ姫里に到着した。そのまま水一杯ふるまわれないで、首長の家へと連れこまれたわけだ。あれからどれほど時が過ぎたか、わからない。沙耶を裁くために集まった七人の首長達の、じっとりとした視線がただただつらかった。

それにしても、彼らはなぜ黙っているのだろう。なぜ声を荒らげて、禁忌を犯した娘をののしってこないのだろう。

沙耶がいぶかしく思った時、後ろに気配を感じた。

振り返ると、いつの間にか老婆が間近に来ていた。白い装束をまとい、緑の石の首飾りをつけている。しわだらけの顔にはめこまれた目は鋭かった。

大巫女（おおみこ）、羽津奈（うづな）だ。七つの里にはそれぞれ巫女がいるが、その中でも最も強い霊力を持つと言われているのが、この白ノ滝里（しろのたきさと）の羽津奈なのだ。

沙耶はようやく悟った。首長たちが黙っていたのは、気まぐれでもなんでもない。羽津奈の到着を待っていたからなのだ。

羽津奈の目に凝視され、沙耶は魂を吸い取られるような気がした。ああ、なんと強い光が羽津奈の目にあることだろう。

飲みこまれる。頭から飲みこまれ、食われてしまう。

目をもぎはなそうにも、できなかった。沙耶の頭は芯からしびれ、心がみるみる無防備にこじあけられていく。そこに、優しくも強引な声がすべりこんできた。

「おまえの名は？」

あらがえず、沙耶は答えた。

「さ、佐矢琉……」

「それは真の名ではないだろう？　本当の名をお言い」

「……沙耶」

沙耶はしぶしぶ認めた。

その後も声は様々なことを尋ねてきた。沙耶が何を望み、何をしてきたか、全てを聞きたがった。そして沙耶は聞かれるままに全てを吐き出した。霧がかかったかのように、頭がぼやけていた。

はっと我に返った時、沙耶は元通り床の上に座っていた。羽津奈はすでに沙耶のそばを離れ、首長たちと向き合っていた。

「聞いてのとおりだ、首長の衆。この娘は真実を話した。この娘は沙耶。鍛冶の技に魅せられ、十一年もの間男になりすましてきた娘。本来なら男のみに許されてきた技を身につけ、あげくのはてに恐ろしい魔物を作り出したという。それがこの娘がやったことだ」

沙耶はわなないた。人の心をこじあけ、秘密をしゃべらせるとは。噂にたがわぬ恐ろしい力だ。

　これでどうあろうと弁明はできなくなった。裁きはくだったも同然だ。首長たちは間違いなく沙耶に死を宣告するだろう。

　しかし、沙耶はどこかほっとした思いだった。加津稚王子は、二十日後あたりには剣を受け取りにくる。だが、剣はできていないし、これからできることもない。王子はどうして作らなかったのかと、沙耶を問い詰めるだろう。

　この上、女であったことを王子に知られたくはなかった。これ以上生き恥をさらすことは耐えられない。殺してくれるなら、いっそすがすがしいというものだ。

　どれをとっても許されるべきではないと、首長たちが怒りに声を震わせながら話し合っているのさえ、もはや気にならなかった。決定はくだった。あとは運命に身をゆだねるだけでいいのだ。

『これでいいんだ。これで』

　この時だ。羽津奈が振り向いてきた。あの強いまなざしが沙耶を捕らえる。

「それで、おまえはどうしたいのだえ？」

　沙耶は目をしばたたかせた。何を言われたのか、意味がわからなかったのだ。首長たちもぎょっとしたように腰を浮かせかけた。

「羽津奈さま！　何を言われるのだ！」

「この娘の意見を聞くなど！　この娘は罪人なのですよ！」

一睨みで、羽津奈は首長たちを黙らせた。彼女の眼にはそれほどの力があった。

「わしは必要だと思えば、山の猪にだって蛭（ひる）にだって問う。邪魔をするでない。答えよ、沙耶。おまえ、これから何をしたい？　何をしたい？　何をするべきだと思う？」

この問いは、沙耶を心底悩ませた。何をしたい？　そんなこと、わからなかった。

やっとのことで正しいと思えることを口に出した。

「おれは……死ぬべきだと思います」

「ほう。それはまたなぜだえ？」

「おれは……掟を破った。鍛冶の神に嫌われる女にもなってしまいました。もう何か作ることはできない。生きていたって、なんの価値もない」

ぼそぼそと言う沙耶の声に、首長たちは黙りこんだ。険しかった彼らの顔に初めて同情がかすめた。

だが、それは哀れみであって、許しではない。神に憎まれるようなことをしでかした者を野放しにすれば、神の怒りは他の者たちに及ぶかもしれない。人々をまとめる首長である以上、この娘を許すことは彼らには断じてできないのだ。

皆を代表して、土ノ姫里の首長が口を開きかけた。だが、それをさえぎるように、羽津奈が沙耶に語りかけたのだ。

「おまえ、この三雲山の神にお会いしてみるかえ？　その勇気があるかえ？」

今度こそ首長たちは大声をあげた。

「何を言い出すのですか、羽津奈さま！　い、いくら大巫女であろうと、勝手がすぎます！」

「この娘は異質なものです。それに、もう罰は決まっている。穢れた罪人を、神に会わせるというのですか！」

「さて。まことにこの娘は穢れているのだろうか」

羽津奈の言葉に、全員が絶句した。沙耶も、羽津奈の思惑がわからず、目を白黒させるばかりだ。羽津奈は一人ゆうゆうとしていた。

「わしにはそうは思えぬのよ。確かに掟を破った不届き者ではあるが、この娘の魂が穢れているとは思えぬ。人の手に余る時は、神の判断をあおぐのが一番。だから神にまみえさせようと言うておるのだ。この娘が邪悪な罪人であれば、神は娘を殺すだろう。そうでなければ、娘を生かすだろう。これほど単純な託宣も他にあるまい」

「し、しかし、託宣など必要ない。娘の罪は明らかだ！　掟を破った上に、化け物を生み出すなど、け、けがらわしい！」

青ノ淵里の首長の叫びは、沙耶の胸をえぐった。けがらわしい。ああ、自分にふさわしい言葉だ。

　だが、そんな首長たちから沙耶をかばうように、羽津奈が立ちあがった。

「そう。この娘はとんでもないものを作り出してしまった。その始末をつけぬうちに、あっさり死なせるわけにもいくまい」

「しかし！」

「わからないのかえ！」

　くわっと、羽津奈が声を荒らげた。天井まで突き抜けるような鋭い声に、全員が首をすくめた。羽津奈は苛立たしげに言葉を続けた。

「すでに日天丸という剣は振るわれ始めているのだ！　その力はすぐにここに届く。嵐のようなものだ。遠くに黒雲が見えたと思ったら、次にはもう稲妻が真上から降っている。それを食い止められるのは、おそらくはこの娘だけだ」

　それでも首長たちはねばった。彼らにしてみれば、羽津奈の言葉は到底受け入れられないものだったのだ。

「しかし、この娘はすでに女です」

「そのとおり。前は子供であったからこそ、鍛冶場の神にも許されていたのでしょう。だが、本物の女になった以上、もはや鉄を鍛えることは許されますまい。女が鍛えた鉄は、もろく弱いということですからな。魔物を倒せるものが作り出せるとは思えない」

ここぞとばかりに言う首長たちを、羽津奈はきっと睨みつけた。

「では、尋ねるが、そなたはこの沙耶が作り出したものを使ったことがないのかえ、赤ノ崖の？　白ノ滝の、そなたはどうじゃ？　ああ、答えなくともよいわ。ここにいる全員が、沙耶の作った道具を使ったことがあるはず。違うとは言わせぬぞえ」

首長たちは黙りこんだ。

「この娘の鍛えたものを、わしも見た。実際に使ってもおる。だからわかるのだ。この娘には……たぐいまれな才がある。鉄と火に愛されていると、わしは考える。あれだけのものを作り出せる者が、はたして鍛冶の神に憎まれるだろうか？」

まるで自分に言い聞かせるように、羽津奈はつぶやいていった。

「だが、魔物を生み出したことが、わしを迷わせる。だから神のご判断をあおぎたいのだ。この三雲山に住まうあまたの霊達の長、地と月の娘御、白銀八長姫にな」

そうして羽津奈は首長の一人一人をじっくりと見ていった。もはや抵抗できる者はいなかった。

「この娘は神にゆだねる。神がどうなさるかはわからぬ。我らはただ結果を受け入れるのみ。それでよいね？」

首長たちは無言でうなずいた。

沙耶も、声が出なかった。思いがけないことに頭がぐらぐらする。
と、羽津奈がこちらを振り返った。羽津奈の目は意味ありげに光っていた。

十

沙耶（さや）は、三雲山（みくもやま）の深部、神々が住まうという西の峰に一晩置き去りにされることになった。

羽津奈（うづな）の案内のもと、沙耶は見張りの男たちに囲まれながらうっそうとした獣道を歩いた。一歩進むごとに、胸の鼓動が速くなっていった。自分が人ならぬ存在の領域へと踏みこんでいっていることが、はっきりとわかったからだ。

やがて、大きなぶなの林にやってきた。立ち並ぶぶなはいずれも大きく、その表面はつやつやと光っている。秋色に染まった葉は、風に揺れては舞い落ちていき、さやさやと気持ちのよい音を立てている。そうして降り積もった枯れ葉は、木漏れ日に金色に光り、林の中は全てが燃えるように輝いて見えた。

だが、それだけではない何かがここにはあった。何かが息づいている。感じたことのない気配に、沙耶は身震いしたが、もちろん後戻りすることは許されなかった。

羽津奈についてさらに奥へと進み、やがて大きく開けた場所にでた。そこには木は一本もはえていなかった。周りはきれいな円を描くように、ぶなでぐるりと囲まれているのだが。日差しはそこに強く差しこみ、金の糸が投げかけられているように見えるほどだ。

「ここがそうだ」

羽津奈が立ち止まった。きつい道を歩いてきたので、さすがに激しく息があがっている。だが、目の鋭さにはいささかのゆるみもなかった。

羽津奈の指示のもと、沙耶は手足首をくくられ、広場の中央に置かれた。凍えないように熊皮を一枚与えられたが、食料と水は渡されなかった。一晩くらい飲み食いしなくても死にはしない。なにより、沙耶が明日の朝まで生きているかどうかなど、わからないのだ。

男たちが、すでに死者を見る目で自分を見ていることに沙耶は気づいていた。

そうしたことが終わった時には、すでに日も落ちかけていた。近づく夜の気配に、男たちはいっそう落ち着かなくなった。最初からこの場に満ちる不思議な空気に怯(おび)えていたが、今ではひなどりのようにわずかな風の音にも目をきょろきょろさせる。羽津奈が、

「おまえたちは先にお戻り」

と言うと、彼らは喜んで去っていった。まさに飛ぶような足取りでだ。

そうして沙耶と羽津奈は初めて二人きりとなった。

羽津奈は沙耶の前にかがみこむと、静かに言った。

「縄目はきつすぎないかえ？」

「大丈夫です」

それは本当だった。縄目は絶妙な加減でなされていた。血の流れが止まるほどきつくはなく、かといって、沙耶を自由にするほどゆるくもない。

ならいいとうなずく羽津奈に、沙耶はゆっくりと尋ねた。

「なぜ……おれをかばってくださったんですか？」

「女になったくせに、いつまでも『おれ』などと使うでない！」

羽津奈はぴしゃりと言った。

「未練たらしげでみっともない。それに勘違いをおしでないよ」

羽津奈の声が一段ときつくなった。

「おまえをかばったのは、おまえの腕が惜しいからだ。全ての里にとって、腕のいい匠を失うのは大きな痛手だからね。それに、このままおまえに死なれたら、誰が日天丸を止めるというのだえ？」

「えっ？」

「おまえときたら！　本当に厄介な娘だ。おまえだけではない。火麻呂も火麻呂だ。娘に鍛冶の才があるならあると、前もってわしに話してくれればよかったのだ。そうすれば、わしがみなをうまく説得し、おまえが堂々と鍛冶をやれるように計らってやったものを。まったく！　余計なことをしてくれたものだ」

怒りがおさまらないとばかりにまくしたてる羽津奈を、沙耶はあっけにとられて見ていた。

「あなたは……おれが鍛冶をやるべきだったと？　娘のままで？」

「ああ、そうだとも。男と偽ってやられるよりも、ずっとそのほうがよかったとも」

あまりの言葉に、沙耶は唇をかみしめた。今の言葉は、なぜか男になりすましていたことを責められるよりもつらかった。

「よくもそんな……神の声を聞く巫女（みこ）が、そ、そんなだいそれた……」

「おまえに神の何がわかる？」

羽津奈の強い目が沙耶の言葉を封じこんだ。

「おまえはあの方々にお会いしたことなどないのだろう？　答えなくてもわかるわえ。会っておれば、今のようなくだらぬことは言わぬであろうからの。まったく。知ったような口をきくでない」

ぴしゃりと言われ、沙耶はうつむいた。この老婆には勝てる気がしなかった。

ふいに羽津奈が口の端をゆがめるようにして笑った。

「だが、物知らずゆえの泣き言もあとわずかだ。まもなくおまえもまみえることになるのだからね。この三雲山を治めておられる産土（うぶすな）の神、おまえが日々祈りを捧（ささ）げていた八長(やなが)姫さまに」

　この山の神に会える。これまでずっと自分を守ってくれていたのに、一番大切な時に裏切った神に。

　沙耶の頭に血がのぼった。たとえ怒りを買って殺されてもいい。死ぬるのなら本望だ。だが、その前にどうしても一言文句を言ってやらなければ、気がすまない。

　沙耶の心を読み、羽津奈はあきれたように息をついた。

「八長姫さまに怒っているのかえ？　なぜだえ？」

　無神経な言葉に、沙耶は爆発した。堰(せき)をきったように怒りがほとばしる。

「当たり前じゃないですか！　おれが女になんかならなければ、全てがうまくいったんだ！　おれは日天丸を超える剣を作り、阿古矢(あこや)王子と加津稚(かづち)王子の二人を助けられたんだ！　だけど、神が全てをだめにした！　おれは神を信じていたのに、か、神はおれを裏切ったんだ！」

　最後のほうは、癇癪(かんしゃく)を起こした子供のようなわめきだった。

　だが、羽津奈は平然と沙耶の怒りを受け止めた。

「神がおまえを裏切ったと？　そう思っておるのかえ？　さてはて。本当に子供じゃのう。女に戻ったことが恵みだと、まだわからぬとは」

　何を言われたのか理解できず、沙耶はますます怒った。

「恵み？　嘘だ！　嘘っぱちだ！　これのどこが恵みだって言うんです！」

「沙耶」

怒鳴り散らす沙耶を、羽津奈が哀れむように見た。

「おまえが男になろうとしたことが、そもそもの歪み（ゆが）の始まりなのだよ」

全身から一気に血の気が引き、奈落（ならく）に突き落とされるような心地になった。だが、慌てて気を引き締めた。だまされてたまるか。これも、自分をたばかろうとする嘘に違いない。まだ苦しめる気かと、沙耶は新たな怒りに燃え始めた。

しかし、羽津奈は淡々と告げていく。

「おまえの魂がもともと男で、間違って女の体に宿ってしまったというのであれば、おまえが男になろうとしても、何も起こりはしなかったであろうよ。だが、おまえは鍛冶をやりたいあまり、女であることを切り捨てようとした。そこに歪みが生まれ、闇がたまり、魔性につけいらせる隙を作ったのだ」

「違う！　嘘だ！」

「嘘だと言うのであれば、日天丸がどうして生まれたと思う？　あれはおまえの歪みが生み出したのだ。剣に宿っているのは魔だが、核となっているのはおまえの中の闇なのだ。それゆえに万物の定めに逆らい、全てに破壊をもたらそうとする。あの刃によって、どれほどの命が奪われるか、わしにも想像できぬ。千や二千ではきかぬだろうよ。その中には、沙耶、おまえが大切に思う人たちも入っているのだよ」

だまされるな、これは嘘だ。

沙耶は必死に心の中で唱え、自らの怒りを駆り立てようとした。だが、大巫女の言葉は、真実と思えるだけの重みを持っていた。その重みに耐え切れなくなりそうになった時、羽津奈は優しくささやきかけてきた。

「だが、まだ今なら止められる。今ならまだ正すことができるのだよ。おまえ自身の手でね」

はっと顔をあげる沙耶に、羽津奈はにやりとした。

「おれに……どうしろと？」

「おまえがやるべきことはただ一つだ。新たな剣を作るのだよ。日天丸を破り、全てを正す剣を」

何を言うのかと、沙耶はまじまじと羽津奈を見た。

「無理です！　おれは、おれは女になってしまった。女は鍛冶をやっちゃいけない。鍛冶の神さまは、女が鉄を鍛えることを許してはくださらない！」

沙耶の絶叫を、羽津奈は笑い飛ばした。

「だから、おまえは神を知らないと言うのだよ。神々がそんなことを気にすると思うなんて」

ふいに羽津奈は静かな表情となった。どこか夢見るようなまなざしをしながら、羽津奈はゆっくりと話した。

「神々や霊たちの声に触れるたびに、わしは思うのだよ。掟というものは、誰かが作り出したものだと。神ではなく、人が作り出したものだと。神々は……あの方々は細かいことにはこだわらぬ。ただそこにあるだけの偉大な存在。人間と神と呼ばれるものの間には、はかりしれないほど深い溝、違いがあるのだよ」

神に会うたびに、人というものがいかに小さな存在であるかを思い知らされると、羽津奈は話した。だからこそ、色々なことが見えてきて、人々に教えることができるのだと。

羽津奈はふたたび哀れむように沙耶を見た。

「おまえもそうだが、人は神というものを知らなすぎる。だが、それは口で言ってもわからないだろう。自分で感じるしかない。だから、おまえをここに連れてきたのだ。八長姫さまにお会いするがいい。自分の愚かさを思い知るがいい。そして……失ったものを取り戻すのだ。おまえならそれができると、わしは思うておる」

「羽津奈さま……」

「ええい！　まだわからないのかえ？　飲みこみの悪い子だ。とにかく、朝まで踏みこたえるのだよ。正気を失わずに生き延びられたら、あとのことはわしがなんとでもしてやるから」

そう言って、羽津奈は沙耶に背を向け、足早に立ち去ろうとした。

「羽津奈さま！」

思わず沙耶が呼びかけると、羽津奈はくるりとこちらを振り向いてきた。今度のまなざしにははっきりとした非難が宿っていた。

「自分でまいた種を刈ろうともしないで、黄泉の大女神の腕に逃げこめると思ったかえ？　それは甘いというものだ。そんなことは許されないのだよ、沙耶」

静かな一言は、沙耶の胸にずっしりと食いこんだ。

沙耶が胸をつかれているうちに、羽津奈は薄闇の中に消えていった。

そして夜がやってきた。

沙耶はひたすら息を殺していた。

金色に輝いていたぶなの林は、今や月光を吸いこみ、銀色に光っている。木々や落ち葉は銀白色に浮きあがり、それ以外のものは黒い闇に沈んで見える。美しいが、不気味でもある。

それに夜風の音。弔いに使われる骨笛のような音だ。こんな風の音は聞いたことがないと、沙耶は怯えた。怖かった。死ぬことなど恐ろしくないと思っていたのに。こうして一人、無防備のまま放り出されていると、恐怖が全身にからみついてくる。

自分をふるいたたせるために、沙耶は神に言ってやる文句を考えた。羽津奈はああ言っていたが、信じるものか。やはり、全ての原因は神にあるのだ。自分を女にさえしなければ。ふたたび怒りがこみあげてきた。

と、風の音がふいに止んだ。

ぞわっと、沙耶の髪の毛がさかだった。何かがやってくる気配がした。何か途方もないものがぐぐっと地面の底から盛り上がってくる。いや、空からのしかかってくるようにも思える。

沙耶は底知れない恐怖にとらわれた。思わずぎゅっと目をつぶった。

来た。何かがこの場に来たのがわかる。あまりに強烈な気配。光のように肌に感じられる。こちらを押しつぶすかのようだ。ああ、息苦しい。なんという異質なものなのだろう。

逃げたい。少しでもこの気配から遠ざかりたい。

無駄とわかっていて、沙耶は激しく身動きをした。だが、手足首のいましめはほどけなかった。痛みが生まれただけだ。

その痛みが、沙耶を正気に戻した。

また逃げるのか？　逃げてどこに？　どこにも行けはしないというのに。それよりも、目を見開くべきだ。大巫女が何を教えようとしていたのかを知るべきだ。考えてみれば、もはや失うものはないのだから。

大きく息を吸って目を開けた。

沙耶の前、つい先ほどまで何もなかった空間をうずめるようにして、一匹の蛇がとぐろを巻いて月光を浴びていた。ただの蛇ではない。胴の太さが馬ほどもある大蛇だ。とぐろを巻いているので正確なことはわからないが、長さは沙耶の小屋の周りを二回りしても、まだあまりがありそうだ。その体を覆う鱗(うろこ)は銀、月のようにまばゆく輝く白銀(しろがね)である。

こんなにも美しいものが、この世にいるとは。

我を忘れて、沙耶は蛇を見つめた。

と、大蛇の体がゆるやかに動き、普通の蛇が鎌首を持ち上げるように、とぐろの中から上体を起こした。沙耶は息をのんだ。蛇の首から先についていたのは、人間の女の上半身であったのだ。

若々しい容姿でありながら、果てしない年月を感じさせる女であった。ひんやりとした気配を放つ肌も、滝のように流れる長い髪もやはり銀色で、まるで銀を型に流しこんで作られた人型のようだ。炎のような紅(くれない)の瞳(ひとみ)だけが、白い顔の中でくっきりと浮かびあがっている。

姿かたちは人に似ていても、明らかに人ではない。人を超えた存在だった。

「し、白銀、八長姫さま……」

沙耶のあえぎに、姫神はまったく反応しなかった。ただ心地よさそうに、月光を全身にあびている。ここは姫神にとって、光をあびるための場所なのだろう。そして沙耶は、姫神にとっては小石同然だった。大きさも、存在自体も。

これが神というものかと、沙耶は震えだした。

羽津奈が言っていた意味がようやくわかった。これが神というものならば……沙耶が女であろうと、鍛冶をやろうと、気にも止めないだろう。怒るどころか、なんの反応も持たないに違いない。

その結論にたどりついたところで、沙耶は気が遠くなるのを感じた。

さきほどからどこどこ頭を殴られていたようなものだったが、これはまさにとどめだった。それこそ全身ががらがらと音を立てて崩れていくかのようだ。

これまで真実として信じてきたこと、これまでの自分の基盤となっていたものを、言葉に勝る現実の一打ちで打ち砕かれ、沙耶はがくりと頭をたれた。

『女であっても、鍛冶の神の怒りをかうことはない……』

では、これまで自分がやってきたことは一体なんだったのだろう？　あれほど執着してきたことはなんだったのだろう？

頭の中は真っ白だった。何も考えられない。

しばらくすると、色々な思いが土石流のように押し寄せてきた。ありとあらゆる感情、考え、そして羽津奈の言葉が、渦となってぶつかりあい、その激しさに体がずたずたに引き裂かれると思った。

だが、沙耶は立ち直りの早い人間だった。少しずつだが、これが真実なのだと理解し、それを受け入れようという気持ちが動き始めた。時は一刻を争い、これ以上逃げているわけにはいかないのだ。

まだ何をするべきなのかはわからなかったが、それでも自分がどこにいるべきかはわかった。ここにぐずぐずしていてはいけない。戻らなくては。自分の小屋に、鍛冶場に戻らなくては。魂がそう呼んでいる。

『くそっ！　どうにかしてこの縄を解かないと』

近くに石などはないかと、沙耶は目を動かした。そしてぎょっとした。いつのまにか姫神がこちらを見ていたのだ。赤い目にはいまだなんの感情も浮かんではいないものの、神は確かに沙耶を見ていた。

『うっ……』

きらめく目から、沙耶は目が離せなくなってしまった。このうえもなく美しく深い。それでいて冷ややかでうつろにも見える。踏みこんだら奈落に落ちていってしまいそうだ。だが、やはり美しい。

人ならぬものへの恐怖が徐々におさまっていき、心が開いていくのを沙耶は感じた。気づけば話しかけていた。

相手は人の言葉など通じないかもしれない。もしかしたら、沙耶の声をわずらわしいと思い、襲いかかってくるかもしれない。それでもかまわなかった。自分の気持ちを明らかにするために、沙耶は誰かに心の内を話す必要があった。

「姫神さま。おれの悩みなんて、あなたには取るに足らないものなのでしょうね。でも、聞いてください。おれは、あなたに守られていると思っていたんです。だから月のものが来ないいんだって。……だから女になった時、あなたを憎んだ。あなたにしてみれば、いい迷惑ですよね。勝手に祈られ、勝手に憎まれるなんて……」

次々と言葉があふれていく。それを姫神は聞いていた。いや、聞いているかどうかはわからない。ただ静かに口を閉ざし、沙耶のほうを凝視している。

「おれが鍛冶をやろうとやらなかろうと、あなた方は気にしない。それはよくわかりました。でもやっぱり怖いんです。日天丸を止める剣を作るのがおれの役目だとわかっていても……やっぱり怖い。しくじってしまいそうで」

自分には神剣など作れないのではないかという恐れ、なにより、鍛えた剣が新たな日天丸になってしまうのではないかという恐れで、全身が張り裂けそうだった。

「あなたが神なら教えてください。おれはどうしたらいいんでしょうか？　このままじゃ剣なんか作れるわけがない。自信もないのに、鎚を振るうことはできやしない。こんな意気地なしになったのも、やっぱり女に戻ってしまったせいなんでしょうか？」

そこで、沙耶の問いかけは断たれた。ものやわらかな笑いが、さざ波のように林に広がったのだ。

八長姫が笑っていた。麗しい唇がわずかに開かれ、さながら鈴をふるように、甘く豊かな声がふりこぼれる。

なんという人間離れした声なのだろうと、沙耶は震えた。かすかにかすれてはいるが、蜜のように甘い響き、そして全てを包みこむような力に満ちている。極上の調べを耳にしているかのように、体の芯のほうから震えがこみあげてくる。

存分に笑った後、姫神はふたたび沙耶を見た。心なしか、その目にはこれまでになかった光が宿っているようだった。好意とも興味ともつかぬ光だ。

驚いている沙耶の前で、八長姫はしなやかな腕を伸ばし、自分の蛇体に指をあてた。そうして自分の鱗を一枚、剝がしたのだ。

あっと声を上げる沙耶にはかまわず、姫神は次々と鱗を剝がしていった。一枚、また一枚と、大人の手のひらほどもある大きな鱗が、蛇の体から剝がされ、地に落ちる。鱗は重なり合うたび、銀の車輪が触れ合うような、重たくも澄んだ鋭い音をたてた。

八枚目の鱗を地面に落とすと、姫神は沙耶から目をそらした。月光をあびていた蛇体が、ずるずると解き崩れ始めた。どこかに行こうとしている。

　沙耶は思わず、どこに行くのかと尋ねようとした。だが、声は出なかった。動き始めた神をとどめることなど、人の身でできることではない。沙耶にできることは見送ることだけだった。

　沙耶の前で、姫神は素早く消えていった。地の中へ滑りこんだのか、それとも天に吸いこまれていったのか。まばたきもせずに見つめていたというのに、それを見極めることすら沙耶にはできなかった。

　気づけば、沙耶だけがその場に残されていた。


　翌朝、様子を見にきた里人たちは目を見張った。掟を破った娘が生きていたからではない。娘のまわりに、巨大な銀の鱗がまるで花びらのようにまかれているのを見たからだ。

「託宣はくだされた。この娘は生きることを許されたのだ！　それだけではない。この鱗は神からの贈り物。娘は神に寿（ことほ）がれたのだ。全ての里にこのことを伝えよ。我らのもとに、神人（かむびと）が生まれたと！」

　高らかな羽津奈の声に、里人たちは神々しい気持ちに打たれた。娘は罪人から一転して、神に愛された神人になったのだ。うやうやしげに頭をさげる者すらいた。

そして沙耶は朦朧とした目で彼らを見返していた。体は疲れ切り、もう限界だ。早く縄を解いてもらいたいと、そればかりを思った。

十一

それからどうやって西の峰をおりたのか、沙耶は覚えていなかった。気がついたら、自分の小屋の囲炉裏の前に座りこんでいたのだ。

そして目の前には、羽津奈がいた。満足そうな顔をして、こちらを見ている。

沙耶はまわりを見回した。小屋の中にいるのは自分たちだけで、他の人間は見当たらない。小屋の外に誰かがいる気配もない。

「……みんなは？　どこですか？」

「それぞれ里に帰らせた。おまえが神人になったことを、みなに伝えてくれるだろう。もう心配はいらない。おまえがしてきたことは全て、神のご意志によるものということになったのだからね。じつにありがたい話ではないか」

羽津奈はずる賢さをにじませて言った。沙耶は力なく笑った。

「神のご意志、ですか……」

そんなことを八長姫に言ったら、また笑われてしまいそうだ。

ああ、八長姫！

沙耶は頭を振った。輝く蛇の姫神にまみえ、自分の心を打ち明けたところ、それを笑われた。今思えば夢の出来事のように思える。だが、夢ではない証拠に、沙耶の手元には八枚の大きな銀の鱗があった。

厚みのある鱗は重く、白い焔のように燃え立っているのに、真冬の水のように冷たい。そして、八長姫と同じ気配を発していた。

鱗を見つめながら、沙耶はぽつりとつぶやいた。

「鍛冶の神も……あの八長姫のような感じなんですか？」

「いや、鍛冶の神はもっと人にちかしいお方だ。なんといっても、人のもとに生まれた神だからね。それにくらべて、八長姫は自然の御子だ。大地と月の娘。なにものにも縛られない」

正直驚いたと、羽津奈は言った。

「あのお方がおまえに鱗をたまわるなど、思いもしなかったわえ。あのお方が人間にそれほどの好意を覚えるとは……おまえ、一体何を姫神に言ったのだえ？」

「よくおぼえていません。心に浮かんだことをどんどんしゃべったような……そうしたら姫神が笑い出して……結局、姫神は何も答えてはくれませんでした。何もおれに教えてはくださらなかった」

釈然としない様子の沙耶に、羽津奈はうなずいた。

「神霊の中には、人に色々教えたり、知らせたりするのが好きなものもいる。だが、八長姫のような神は違う。人の問いに答えたりはしないのだ。彼らは人に好意を示すか、あるいは無視するかだ。助言も叱責もいただけなかったからと言って、八長姫を恨むでないよ、沙耶。あの方はおまえに鱗をくださったのだから」

そう。八長姫は鱗を残していってくれた。でも、なんのためにだろう？　記念の品としては、八枚という数は多すぎる気がする。

沙耶がそのことを言うと、羽津奈はこめかみをおさえて唸った。

「ここまできて贈り物の意味すらわからないとはねえ。おまえは匠としては腕はいいが、巫女にはまったく向いていないね。鈍すぎる」

むっとしたものの、沙耶はひたすら下手に出た。

「お願いです、大巫女さま。教えてください。おれはこの鱗をどうしたらいいんですか？」

「はああ……」

それはそれは深いため息をついてから、羽津奈はようやく顔をあげた。

「いいかい、よくお聞き。八長姫はね、おまえを助けたいと思われたんだ。おまえのみじめでけなげなありように、興味を持たれたのだよ。だから鱗をくださったのだ。これで新たな剣を作れとね」

目を見張る沙耶を、羽津奈はまっすぐ見つめた。

「その鱗を溶かして剣をお作り。八長姫は月と大地、双方の力を兼ね備えておられる。その鱗で作られた剣は、風吹く大地にあっては力を増し、月のある夜には輝きを増すことだろう。ただし、姫神の力ばかりを頼りにしてはいけない。剣の力となるのは、あくまでおまえの思いだということを、くれぐれも忘れぬように」

そう言って、羽津奈は立ち上がった。沙耶は慌てて尋ねた。

「ど、どこへ？」

「いつまでもここにいるわけにもいくまい。それに里人にも色々いるからね。おまえが鍛冶をやることに、不平不満をもらす頑固者もいるかもしれない。そういう者たちを言葉で納得させるのが、わしの役目よ。それに、わしがいては、おまえも作業に集中できまい？」

大巫女の心遣いに、沙耶はぐっと胸が詰まった。深々と頭をさげた。

「……色々ありがとうございました。羽津奈さまがいなかったら……」

「おやめ！」

沙耶の言葉を、羽津奈は思わぬ厳しさではねのけた。

「礼なんて、今はまだ言うものじゃない。まだ何も終わってはいないのだからね。とにかく、外のわずらわしいことは全てわしが引き受ける。誰もここには近づけないようにしてやる。おまえは鍛冶にだけ集中すればいい。わかったね？」

「……はい」

「わかればそれでいい」

羽津奈はそっけなく言い、戸口に向かった。だが、戸口のところで足を止め、沙耶のほうを振り返ってきた。

「もうわかっているとは思うが、念のため、もう一度言っておくよ。女が鍛冶をしてはいけないというのは、それは神が決めたことではない。人間が決めたことだ」

「そんなこと……」

そんなことはもうわかっている。そう言いかけて、沙耶は口を閉じていた。羽津奈の顔があまりにも真剣で、そして悲しげだったからだ。

「もともとはこの世にも多くの女鍛冶がいたはずなのだよ、沙耶。そもそも、神剣を鍛えるのは巫女の役目であったと言われているのだから。生身の血肉を切るのではなく、魔を断つ剣は、清らかな巫女だけが作ることができたとね」

「巫女が……神剣を……」

沙耶は目をむいた。とても考えられないことだった。巫女と言うものは、風と水の声に耳を傾け、火と大地から力を汲みあげ、人に神霊の言葉を伝えるもの。間違っても鉄を鍛えるような人たちではない。

疑いのまなざしに、羽津奈は悲しげに笑った。

そう言って、羽津奈は歌いだした。

神なるものに選ばれし
清らかなる十智の乙女ども
火を巻き起こし　水を呼べ
ゆるぎなき天地の
その御名(みな)をば唱えて
いざ鎚(つち)振るえ
山よりまろびいでたる鋼(はがね)　鉄(くろがね)　白銀(しろがね)を
魔伏(まぶせ)の牙(きば)へと変じよ　変じよ

老巫女の歌声は、沙耶の心の奥底にまで響くようだった。若き巫女たちが一心不乱に剣を鍛えている光景が、まぶたの裏に浮かんできさえした。

『それじゃ……世が違えば、この人はおれの師匠であったかもしれないのか』

思わず羽津奈を見つめた。

だが、時が経つに連れ、全ては変わっていったという。戦が増え、倒すべき相手が魔物から人へと変わったからだ。巫女は神剣を鍛えることよりも、戦での勝利を祈ることを求められるようになり、それに伴い、他の女鍛冶師も減っていった。

「おそらく、戦で使われる武器が生み出されるようになったからだろうね。人々は、女が武器を生み出すことを嫌ったのだ。命を産む女が、命を絶つ剣や矛を作ることに忌まわしさを感じ、それで女を鍛冶から遠ざける掟(おきて)を作ったのだろう。まったく惜しいことをしたものだよ。おかげで、真の神剣と言えるものはずいぶんと少なくなってしまった」

だからこそおまえに期待するのだと、羽津奈はまっすぐ沙耶を見つめた。

「おまえは見事な鍛冶の腕を持っている。我ら巫女がとうの昔に失ってしまったものを、おまえは持っているのだ。そして、おまえは満ちた。女に戻ったおまえが剣を作りたいと望めば、それは殺しの武器ではなく、戦を止める神剣となるだろう。命に通じる、命を救う剣は、女にこそ生み出せるもの。他のどの鍛冶にできなくとも、おまえならできる。やるがよい、沙耶。いや、おまえはやらねばならぬのだ」

「……………」

「鍛冶の神は確かにおわす。そして、鉄を鍛える者の腕前と気性を愛(め)でられる。おまえが心をこめて鉄を鍛えていくかぎり、あの方はおまえを愛で続けられるだろう」

そう告げると、羽津奈は今度こそ小屋を出て、高齢とは思えない足取りで去っていった。

見えなくなるまで羽津奈を見送った後、沙耶は小屋に戻り、姫神の鱗を見つめた。見つめるうちに、徐々に胸の奥で何かが脈打ってきた。

できるかもしれない。これでなら、日天丸を打ち破る剣が作れるかもしれない。

ほんのわずかな希望に、沙耶はすがりつくことにした。

鍛冶場に駆けこみ、かまどに火をおこした。依然として怖くはあった。神というものを知り、羽津奈があぁ言ってくれたとは言え、長年つちかわれてきた「鍛冶場の神は血を嫌い、それゆえに女を嫌う」という思いは、早々消え去るものではない。

思わず、火が燃え始めたかまどに祈りを捧げた。

「熱きかまどの神さま。鍛冶の匠の守り神さま。お、おれは女に戻ってしまいました。おれが女であってもあなたはかまわないと、大巫女は言いました。その言葉が本当であることを、おれは心から願います。もしそうでないのなら、どうかお願いです。今だけでも、おれが剣を作ることを許してください。おれはやらなければならないんです。女のおれが剣を鍛えても、その剣がもろく弱くならないよう、どうかお力をお貸しください。お願いいたします」

沙耶が頭を下げると、かまどの炎が突然大きく燃え上がった。天井まで届くような火柱の、その炎の美しさと力強さに、沙耶は涙が出そうになった。かまどの神の守護を失ったわけではないと、今こそわかったからだ。

「……ありがとうございます」

感謝の言葉をつぶやき、沙耶は炎の中にきらめく鱗を入れた。

だが、ここで思わぬ壁にぶちあたった。鱗が熱くならないのだ。いくら炎の中で熱しても、蛇神の鱗はいっこうに熱に染まらず、赤々と燃えるかまどの中で、硬質な白い輝きを保っている。

ためしにかまどから引き出して、愕然（がくぜん）とした。鱗は人肌ほども温かくなっていなかったのだ。その凍（い）てつくような冷たさは、沙耶に対する拒絶そのものだった。

「なんとかしないと……これじゃあ、剣が作れない」

沙耶は躍起になって、かまどにたきぎをくべ始めた。

だが……

夜が更け、白々と東の空が明るくなり始めても、依然として鱗は冷たく硬いままだった。

あらゆる方法を試し尽くした沙耶は、がっくりとした。疲労と絶望という毒が全身にまわっていた。残る時間はあとわずか。今日中に下準備を終えないと、本当に間に合わなくなってしまうというのに。

「どうしてなんだ。一体、どこがいけないというんだ……」

悔し涙がぽろぽろとこぼれた。ぬぐう元気もなく、そのままこぼれるにまかせていると、自分がますます女という生き物になりはててしまった気がした。

そう感じたところで、沙耶は愕然とした。自分がいまだ「男」にこだわっていることに気づいたのだ。羽津奈にあれほど言われ、鍛冶の神からも確かに許しを得たというのに。まだ女となったことを認めたくないとは。

「おれも……どうしようもないな」

苦い笑いがこみあげてくる。

もしかしたら、鱗がいっこうに熱くならないのも、やり方がまずいのではなく、自分の心のありように原因があるのかもしれない。ふとそう思った。

八長姫は沙耶に鱗を与えた。佐矢琉にではなく、沙耶に。沙耶が沙耶であることを認めない限り、この銀の鱗は凍てついたままなのかもしれない。

沙耶は顔をおおって座りこんだ。わからない。どうやったら自分に対して素直になれるのか、「沙耶」に対する嫌悪がなくなるのか、いくら考えてもわからなかった。

時間ばかりが刻々と過ぎていく。時がなくなっていくのを感じて、うめいた。身を切り刻まれるような苦しさだ。

『親父さまがいてくれたら……』

今ほど父が恋しくなったことはなかった。いつも優しく穏やかで、だが師匠としては一貫した厳しさで沙耶を鍛えてくれた火麻呂。今父がいてくれたら、どんな助言をしてくれただろう。

父のことを思うと、自然とこの鍛冶場で働いていた姿が思い出された。力強く鎚を振るい、炎を見定める父の寡黙な顔。がっしりとした体からたちのぼる汁と鉄の匂いさえよみがえってきた。

火と鉄に近づいている時、父親は人ではないような気配を発していたものだ。神の言葉を聞く巫（かんなぎ）のように、おごそかに仕事に向き合っていた。ああ、どれほどあの姿にあこがれたことだろう。

ああ、そうだったと、沙耶は思い出した。

おれは鍛冶が好きだった。子供の時から、夢に見るほど焦がれていた。だから男になりたかった。男にならない限り、鍛冶はできないと思ったから。そして男になりきるために、必要以上に女を憎んだ。ああ、あの憎しみが魔物を生み出したのだとしたら。

自分の考えにぞくりとしつつ、いまさらながらに真実に気づいた。

「そうだ。鍛冶をやりたいから、おれは男になりたかったんだ」

声に出して言うと、長くしこりとなっていたわだかまりの一つが、すっと溶けていくような気がした。

急に、父が死ぬ直前に言った言葉が、頭の中に浮かんだ。

「水は水に、火は火にしかならないもの。おまえはやはり女に戻るべきだ」

あれには傷ついた。

『親父さまは、おれには跡を継がせられないと思ったんだ。だから、女に戻って、婿でも取れと言おうとしたんだ』

そう思うのが辛くて、これまでできるだけあの時のことを思い出さないようにしていた。だが、今初めてその意味をじっくりと考えてみる気になった。

なぜ、父はあんなことを言ったのだろう。最後の力を振るうようにして、沙耶に何を伝えようとしたのだろう。

自分で言うのもなんだが、沙耶は弟子として優秀だったはずだ。父は厳しく、褒めることはめったになかったが、こちらを見る目にはいつも誇らしさが浮かんでいたことを、沙耶は知っている。

やはり変だ。やはり何かおかしい。誰よりも沙耶の成長ぶりを喜んでいた父が、いまさら鍛冶をやめろなどと、そんな馬鹿なことを言うはずがない。

目の前の霧が晴れ渡るように、急に頭の中がすっきりと冴えた。

そうだ。違うのだ。女に戻れというのは鍛冶をやめろという意味ではない。自分を偽るのはもうやめて、本来の自分に戻って鍛冶を続けるがいいと、火麻呂は言いたかったのだ。女であっても沙耶は沙耶、変わることはないのだからと。

「そうだ。おれは、おれは沙耶だ。ただそれだけ。ただそれだけだ」

今度こそ、何かが自分の中でほころぶのを感じた。

沙耶は身を翻し、かまどの中にふたたび鱗を入れた。祈るような気持ちで見ている沙耶の前で、鱗は白さを徐々に失い、ついには炎と同じ色に染まったのである。

「やった！」

思わず歓声をあげていた。

十分に熱を吸わせた後、沙耶はそっと焼けた鱗を取り出し、鉄床へと運んだ。

体が震えてしかたがなかった。落ち着けと息を吸いこんでから、沙耶は鎚を振り下ろした。

十二

護足(ごたり)ははやる心をなだめながら、馬を急がせていた。こうしてこの山道を登るのも、これで五度目になる。だが、五度目の今が一番胸が騒いでいた。

今日が約束の日なのだ。あの、この世ならぬ力と猛威をふりまく日天丸(ひてんまる)に匹敵する剣を、はたして佐矢琉(さやる)は作り出せただろうか。もししくじっていたらと思うと、胸がしぼられるように苦しくなる。

と、山道の向こうから、一人の若者が歩いてくるのが見えた。

「佐矢琉！」

呼びかけた後で、それが娘だと気づき、護足はたじろいだ。相手は驚くほど佐矢琉にそっくりで、着物も髪型も若衆物であったが、あきらかに娘だったのだ。

男と女を間違えてしまうなんて、どうしようもないなと苦笑しながら、護足は娘に近づいた。娘はどういうわけか親しげに笑いかけてくる。どきりとするほど懐かしい笑い方だ。初対面の相手にこのように笑いかけられて、少々居心地悪く感じながらも、護足は尋ねた。

「娘。ぬしは佐矢琉の身内の者であろう？　わしは護足という者だ。頼んだ品を受け取りにきたのだが。佐矢琉は小屋におるのか?」

娘は軽く目を見張ってから、いきなりふきだした。あけっぴろげな笑いが、山の中に広がっていく。護足はむっとした。

「何がおかしい?」

ひとしきり笑ってから、娘はにやっとして口を開いた。

「護足さま、おれだってことがまだわからないんですか?」

娘としては低いが、男としてはやや高めの声。よく知っている声を耳にして、護足は目を剝き、穴が開くほど娘を見た。そうするうちに、見開いた目はますます大きくなっていき、ついにはあごががくんと落ちた。

「佐矢琉!」

絶叫が山の中に響き渡った。

「し、信じられぬ。佐矢琉! な、なんなのだ、それは! その胸はい、い、一体なんだ! ぬ、ぬ、ぬしはいつから女になったのだ!」

「一月前です。護足さまたちが帰った後すぐに」

こともなげに言われ、護足は恐ろしそうに沙耶を見た。

「ま、まさか、この山には男を女にする魔物がいるのではあるまいな」

自分がそうなってしまったらと、護足が怯えているのを見て、沙耶はさらに笑った。

「違いますよ。おれはもともと女だったんです」

「ぬしが！」

嘘だろうと、護足はふたたび絶叫する。

「ぬしからは女の気配、女の匂いはちらりともしなかったぞ！　かわいい顔をしていても、ぬしほど女と思えぬ若者はおらぬと思っておったのだぞ！」

そこまで言うかと少しむっとしたものの、沙耶は自分がどうして男として生きてきたか、どうして女に戻ったかを、手短に話した。

話を聞き終えると、護足はなんとも言えない顔となった。

「そ、そうであったのか。ぬしが女に戻ったのは喜ばしいことだが……女であっては鍛冶はできぬものな。剣はできていないのだろう？」

「いえ、護足さま……」

剣はできていますと、沙耶は言おうとした。が、がっくりしている護足は聞こうともしない。

「わかった。加津稚さまにはきちんとおまえのことを話しておく。気にするな。また別の匠を見つければよいだけのことだ。悪いが時間がないのでな。わしはこれで失礼する。さらばだ、佐矢琉。いや、すまん。沙耶だったな」

悲観した様子で馬に乗ろうとする武人を、沙耶は慌てて引きとめた。

「待ってください、護足さま。もう。話は最後まで聞いてください。おれは剣を作りましたよ。八長姫（ながひめ）もかまどの神も、女であっても鉄を鍛え続けなさいと、励ましてくださったんです。姫はご自分の鱗（うろこ）をくださり、おれはそれを鍛えて剣を作りました」

「ぬしは何を言って……」

「だから剣ですよ。神の一部から作り出した、日天丸を討ち果たす力を持った神剣です。わかりますか、護足さま？　新しい剣はもうできているんです！」

護足の暗かったひげ面に、みるみる喜色が浮かんだ。うおおっと叫びながら、護足は沙耶を抱え上げ、振り回した。

「こいつ！　なぜそれを早く言わぬか！　冷や汗をかいてしまったではないか！　悪いやつめ！　うむ。でかしたぞ！　さすがはぬしだ。よくやった！」

ぶんぶんと振り回されて、沙耶は気持ちが悪くなった。やっとおろされても、しばらくは目が回っていたほどだ。

護足は目を輝かせながら叫んだ。

「どこだ？　どこにあるのだ？」

「これです。できたので、これから届けに行こうと思ったんです」

と、沙耶は背を向けてみせた。背には、布で包んだ細長い物がくくりつけられている。

「うむ。わかった。それではありがたく受け取っていくぞ」

ところが、沙耶は手を伸ばしてきた護足から飛び離れたのだ。

「護足さま、それじゃだめです。剣だけ持っていくなんて。おれも連れて行ってくれなくちゃ」

「何を言い出すのだ、ぬしは？」

あきれたものの、護足はすぐに厳しい顔になった。

「ならぬ。ぬしなら絶対にそう言うだろうと、わかっておった。だが、ならぬ。わからぬか？ 加津稚さまは日天丸を倒すために、兄君と斬りむすぶのだぞ？ 命をかけた殺し合いだ。どちらかが倒れるまで、戦わなければならぬ。そうした血みどろの戦いを、ぬしだけには見せたくないと、加津稚さまはおっしゃっていた。わしも同じ思いだ。ぬしはお二人の戦いを見てはならぬのだ」

「おれが日天丸を作らなければ、お二人が戦われることもなかった。だからですか？」

「い、いや、そうではない」

沙耶の静かな声に、護足は詰まった。

「いいえ、わかっています。護足さまも王子も優しいから、おれが傷つかないようにしてくれているんだ。でも、行かないわけにはいかないんです。おれを連れて行ってくれないのなら、剣は渡せません」

「わがままを言う気か、沙耶！」

沙耶はため息をついた。

「そうじゃないんです。護足さま、日天丸はおれが生み出したものだ。おれの心の醜いものが、あの剣の中には宿っている……あの剣はおそらく、おれ以外の人には倒せない。神剣をもってしても、加津稚さまじゃ必ず負けてしまう。それがわかっているんです。日天丸はおれが倒さなければならないもの。護足さま、おれは行かなくちゃならないんです」

それは強情なものではなく、神託を告げる巫女のように静かな、そしておごそかな覚悟がこもった声であった。

護足は険しい顔をして長いこと沈黙していたが、やがて口を開いた。

「わかった。わしの後ろに乗れ。二人乗りだが、夕暮れ前には宮につけるはずだ」

ぱっと沙耶の顔が輝いた。

「ありがとうございます！　おれ、護足さまのご恩は絶対に忘れません」

飛びついてくる沙耶に、護足は重々しく告げた。

「だが、馬に乗せる前に一つだけ言っておくぞ」

あまりに厳しい声だったので、何を言われるのかと沙耶は身構えた。

「な、なんですか？」

「おれと言うのはやめたほうがよいぞ。今のぬしはどう見ても女に見えるからな。おれと言われると、奇妙でかなわぬ」

「き、気をつけます」

慣れ親しんだ男言葉をすぐに切り捨てることは無理だと思うが、できるだけ気をつけると、沙耶は約束した。

護足はにっと笑い、手を差し出してきた。

「さあ、何をしている。乗れ」

「はい!」

護足の言葉通り、日が暮れる前に二人は伊佐穂の宮にたどり着いた。

門から入った沙耶は、そのあまりの変わりように息をのんだ。宮は不気味なほど静まり返っていた。こそこそと働く者たちの姿は見えるのだが、誰も一言も言葉を発していない。神経質に自分の仕事のみに集中している。人々はあらゆることに怯え、おどおどとしているようだ。

それに、この空気は一体なんだろう?

息苦しさを覚えて、沙耶は胸を押さえた。ねっとりと重く、悪臭が混じっている。

何か、よどんだ妖気とも言えるものが空気の中に溶けこんでおり、息をするもの全てに恐怖を与えているのだ。

二月前はこの宮の中はそれこそ光り輝くほどで、働く者たちはここで働けることに誇りを持ち、生き生きとした空気が満ちていたというのに。

あの時は全てが生きていた。今は全てが死んでいる。

『これが日天丸がふりまいている災いなのか』

沙耶の心に、悲しみと憤りが湧きあがった。

二人は中庭を突っ切って行き、加津稚王子の住んでいる棟へと足を運んだ。護足の帰りを待ちわびていた加津稚王子は、庭からの足音にぱっと飛び出してきた。だが、護足の隣に並ぶ沙耶を見て、ぴたりと固まった。その目が落ちそうになるほど見開かれる。

沙耶は沙耶で、王子の変わりように胸をつかれた。たくましく、今が盛りの若々しさにあふれていた王子は、痛々しいほどやつれていた。心痛で夜も眠れないのだろう。前に会った時よりもさらに目は赤く、顔色も冴えなかった。

しばし沙耶と見詰め合ったあと、やっとのことで王子は口を開いた。

「護足、その娘は誰だ？　なぜ連れてきた？　おれはおまえ以外、誰もここには通すなと命を出したはずだぞ」

護足はしぶしぶという様子で答えた。

「それが、これを連れてこないわけにはいかなかったのです。いえ、この娘が誰であるかは、ご自分でお尋ねになるのがよろしいでしょう」

そう言われて、加津稚は疑わしそうに沙耶を見た。

「おまえ、誰だ？　佐矢琉とよく似ているが、双子の妹か何かか？」

王子にさえわかってもらえなかったことに、少々沙耶は傷ついた。不機嫌丸出しの声で言った。

「おれに妹はいませんよ、王子。おれの顔をもう忘れてしまうなんて、ずいぶんと薄情じゃありませんか？　たった一月前に会ったばかりなのに」

護足が予想した通り、加津稚王子は身をのけぞらせて驚いた。

「さ、さ、佐矢琉か？　佐矢琉なのか？　そ、その体は一体どうしたのだ？」

「どうもしません。男に化けていたのを、元に戻しただけです。佐矢琉から沙耶に戻った。ただそれだけのことです」

やけっぱちで沙耶は答える。

「そんなことはどうでもいいんです。王子、お話があります。聞いてください」

沙耶の真剣さに気づき、加津稚の顔が別人のように引き締まった。

「わかった。まず中へ入れ」

王子は部屋に二人を入れた。念入りに戸を閉めてから、王子は沙耶に向かい合った。

「話とはなんだ？　それより、剣はできたのか？」

沙耶は、無言で手に持っていた布包みの結び目を解いた。

薄暗い部屋の中に、ぱっと光が満ちた。それは火の明るさではない。日の明るさでもない。冷たく冴え渡った月の光であった。

加津稚も護足も、啞然として光の源に目をやった。

一振りの剣が沙耶の手の中で輝いていた。鞘はなく、抜き身のままである。大ぶりの日天丸に比べれば、華奢な造りだ。

形も普通の物とは違い、片刃で、蛇の牙のような優美な弧を描いていた。まるで三日月のようだ。曇り一つない刃はもちろんのこと、飾り気のない柄さえも、目が痛くなるほど清冽な白銀なので、ますます月を思わせる。その美しさは比類なく、同時に氷のように冷たい霊気が放たれていた。

清浄な美しさに圧倒されている二人に、沙耶は静かに言った。

「三雲山に住まう姫神の鱗を鍛えて作ったものです。月と大地、双方の力と守護を受けている剣。人の血肉を切るためのものではなく、災いと憎しみを断つための神剣です」

「……み、見事だ」

震える手で触れようとする王子の手から、沙耶は剣を遠ざけた。

「でも、これを振るって日天丸と戦うのはあなたじゃない。このおれ、いえ、わ、わたしなんです」

「何を馬鹿なことを言っているんだ？　おまえが戦えるわけがないだろう？」

加津稚王子は一笑した。だが、沙耶は引き下がらない。

「もう一度この剣を見てください。見た上で、言えますか？　これを振るうのは自分だと、はっきり言えますか？」

言われたとおり、加津稚王子は銀の剣を見つめた。

長く細い優美な形。麗しくも激しい鋭さに満ちた刃。その刃から時折ひらめく、冷ややかな輝きと妖（あや）しい美しさ。そのどれもが女を感じさせる。

なにより剣の輝きには、自分を拒んでいるとしか思えない冷たさがあった。手を近づけると、指の先に冷気のようなものがじわっと染みてきて、こちらから力を抜き取っていく。何度手をのばしても、柄を握るところまでいたらないのだ。

『確かにおれにはふさわしくない……男のおれには扱えぬものだ』

ちらりと横を見てみると、護足も無念そうな顔で剣を見つめていた。加津稚と同じものを感じているに違いない。

見事な武器を目の前にしながら、それを持つことを許されないとは。武人である者にとって、これほどの屈辱はない。本来ならば意地でも認めたくないことだ。

だが、敗北に似た思いを味わいながらも、王子はついに認めた。

「なるほど。これは確かにおまえにしか使えそうにない。……わかった。おまえにまかせる」

「ありがとうございます」

ほっと力を抜く沙耶に、王子は悲しい声で呼びかけた。

「沙耶……兄上はもはや剣の僕となりはててしまった。元に戻すことは不可能だろう。あの人の命を絶ってくれ。そうすることで兄上の魂を救ってくれ」

「……………」

「つらい役目を負わせてすまない」

顔を歪めながら王子は頭をさげた。王子の心が痛いほどわかるから、沙耶は黙ってうなずいたのみであった。

張り詰めた空気をなごませようと、護足が口を開いた。

「沙耶、その剣の名だが、なんというのだ？」

「えっ？　名前ですか？」

沙耶はまばたきした。

「その、まだ名なしです。名前のことなんか全然考えていなかったから……」

「なら、今ここで名をつけたほうがよいぞ。名をつけると、力と魂が剣に宿るという水晶のような清らかさがある剣……ふさわしい名があるとすれば……

「からな」

いきなりそう言われてもと、沙耶は剣を見下ろした。月を思わせる美しい剣、水晶のような清らかさがある剣……ふさわしい名があるとすれば……

気づけば口が開いていた。

「澪弓（みおゆみ）……澪弓姫（みおゆみひめ）と名づけます」

澪弓とは、三日月の別名だ。三日月夜の時は、月の女神は優美な銀の舟に身を変えて、夜空を渡っていくと言われている。

「よい名だ。日天丸を倒す剣にふさわしい名だ」

加津稚王子もうなずいた。ほんの少しの間、柔らかな空気が三人の間に漂った。

それから三人は夕餉（ゆうげ）を取り、静かに時が経つのを待った。すでに夜になってはいたが、戦うのにふさわしい頃合いではまだなかったのだ。

ゆっくりと時は過ぎ、夜も更けた頃、ようやく護足が立ち上がった。

「そろそろまいりましょう」

三人は部屋をすべりでた。

十三

宮を知り尽くしている加津稚王子のおかげで、三人は誰にもでくわすことなく、阿古矢王子の住む棟にたどり着けた。

さすがは世継ぎの王子が寝起きしている場所だけあって、立派なものであったが、荒んだ空気はどうしようもなかった。いつ剣を振るうかわからない阿古矢を恐れ、下人たちが居つかないのだ。おまけに、血の臭いがそこら中にこびりついているような気がする。

加津稚は兄の寝所の前まで来ると、そっと戸に手をかけた。戸は音もなく開き、息を殺しながら三人は中へと忍びこんだ。

この間、沙耶は心臓が口から飛び出してしまいそうだった。早鐘のような鼓動の音があまりにも大きくうるさいため、まわりに聞こえてしまうのではと思えるほどだ。

落ち着けと、沙耶は自分に言い聞かせた。

暗闇の中で目をこらすと、奥に御簾があるのが見え、白い寝具が敷いてあるのが見えた。それを見たとたん、鼓動はさらに速くなった。

ゆっくりと近づき、先頭の護足が御簾に手をかけかけた時だ。青い光が部屋に満ちた。その光は蛍を二十ほど集めたくらいにしかすぎなかったが、闇になれていた者たちにとっては、目がくらむほど強いものだった。

突然のことに三人は激しくうろたえ、慌てて光のほうを見た。

御簾の外、三人から五歩と離れていない所に、抜き身の日天丸を持った阿古矢王子が立っていた。青黒い光は、他ならぬ日天丸から発せられているものだった。

阿古矢王子を見て、沙耶は胸を貫かれるような衝撃を受けた。王子は前に見た時と同じように美しく、静かで穏やかだった。だが、その顔からは、生気というものが全て失せてしまっていたのだ。

毒が混じってしまった清水のように、王子は明らかに妖気に侵されていた。

日天丸のほうはというと、こちらは完全な変貌をとげていた。ぎらぎら光る刃からは濃厚な殺気が立ち上り、目覚めた獣というにふさわしい残忍さと油断なさが発散されている。まさにそれは生き物、一匹の恐るべき魔であった。

硬直している刺客たちに、静かに王子は言った。

「敵が近いと、日天丸が起こしてくれた。護足か。そなたのことだ。今にわたしを殺しに来るだろうとは思っていた。……だが、まさかそなたが来るとは思わなかったよ、加津稚。我が弟よ」

悲しげに阿古矢は弟を見た。

「日天丸は、ずっと前からわたしにささやいていた。いつか加津稚はわたしを裏切るだろうと。だが、今の今まで信じなかった。たとえ西から日が昇ることがあっても、そなたがわたしを裏切り、敵に回ることは決してないと思っていたのだが……どうやら、わたしは間違っていたらしい」

兄の寂しげなつぶやきに、たまりかねて加津稚は叫んだ。

「兄上、お願いです！　その忌まわしい剣を捨ててください！　おれがほしいのは兄上の命じゃない！　わからないのですか？　あなたを救いたいのです！」

血を吐くような弟の叫びに対して、かすかに阿古矢は微笑んだ。優しい美しい笑みであった。

「加津稚。そなたこそ、なぜわからないのだ？　この日天丸はわたしの魂にぴたりと合うのだよ。わたしたちは一つなのだ。どちらも歪んでいるからこそ、お互いを強く求める。これは我が半身。それを捨てられるわけがない」

熱にうかされたように、不思議なことをささやく阿古矢。その危ういまでに美しい表情は、見る者に寒気を覚えさせた。

加津稚は硬い声で言った。

「何をおっしゃっているのか、おれにはわかりません。歪んでいるとはどういうことですか？　あなたが女であるから歪んでいるとおっしゃいたいのか？　馬鹿なことを。

たとえ女であっても、あなたは立派な王になられる方だ。これまでに女王がいなかったわけではなし、あなたがどうして王子としての地位にこだわるのか、おれにはそれがわかりません」

加津稚の言葉に、沙耶と護足はそれこそ頭の中が真っ白になった。

阿古矢王子が女？　この美貌の若者が女？

自分のことは棚に上げて、沙耶は嘘だと心の中で悲鳴をあげていた。

しかし、阿古矢は少しもうろたえなかった。物憂げに弟をながめやる。

「気づいているとは思っていたよ、加津稚。そなたはことあるごとにわたしを庇(かば)ってくれていたからね。そう。わたしは女だ。男児を望んでいた母から生まれ、生まれ落ちたその時から、王子として偽られることとなった姫。父上にさえ男と思われている、呪わしい者だよ」

その言葉に、護足が思わず声を上げた。

「阿佐根姫(あさねひめ)さまが？　あのお優しいお方が、あなたを男として育てたですと？」

「お優しい？」

凄(すご)みのある笑いを阿古矢は浮かべた。

「ああ、そなたがそう思ってしまったのも、無理はないね。父上や人々の前では、あの人は虫も殺せぬような手弱女(たおやめ)をよそおっていたから。だが、二人きりでわたしに向かい合う時、母上には優しさのかけらもなかったよ。もっと男らしく、父上に誇りに思ってもらえる息子になれと、いつもなじり、ひどい折檻を与えてくださったものだ。馬が怖いと言えば、わたしを馬の背に縛り付けて、厩で二晩でも過ごさせた。血が怖いと言えば、わたしがかわいがっていた兎の子の首をはねて、わたしにその血をなすりつけた」

すさまじい話に、沙耶は息をのんだ。だが、加津稚王子と護足が受けた衝撃はさらに大きなものだった。

二人は弱々しくかぶりを振った。

彼らがおぼえている阿佐根姫は、阿古矢とよく似た美しい人で、風に舞う花びらを思わせるようなはかなさを持ち合わせた女性であった。いつも優しくたおやかで、誰かから守ってもらわなければ生きてはいけない、そういう風情の人だったのだ。阿古矢が語る鬼のような姿など、とても思い浮かばない。

そんな彼らに、阿古矢は笑った。奇妙に乾いた笑い声だった。

「嘘ではないよ。ねえ、弓真呂。そうだったね？　母上は、それは恐ろしかった。影人のおまえですら、母上の折檻からはわたしを守れなかったものね」

と、阿古矢は後ろを振り返った。

沙耶はその時初めて、阿古矢の後ろに男が一人いることに気づいた。

見たことのない男だった。まだ若くて、ほっそりとしている。黒一色の衣をまとっているため、これまで気づくことができなかったのだろうが、こうして見ていても、奇妙に存在感がない。まるで、どこからか飛ばされてきた幻のようだ。

だが、阿古矢のまなざしを避けるようにうつむいたその顔には、苦渋がにじんでいた。

その男に、加津稚は声をかけた。声がかすかに震えていた。

「本当なのか、弓真呂？　阿佐根姫さまは、本当に兄上を傷つけておられたのか？　今兄上がおっしゃったようなことを、本当になさったというのか？」

「……ええ」

答える男の声も震えていた。

「阿佐根姫さまは……まるで悪霊に憑かれたかのように、阿古矢さまを折檻なさいました。わたしは、それをおとめすることができなかった。あらゆる敵から阿古矢さまをお守りするようにと、わたしは幼い頃から教えこまれてきました。だが……母君からお守りすることはできなかったのです」

「そういうことなのだよ、加津稚。わたしはいつももっとも親しい者たちから傷つけられ、裏切られてきたというわけだ」

苦しげにつぶやく影人の言葉に、あざけるような阿古矢の声が重なる。

「わたしがどんなに努力しても、母上は満足しなかった。父上の心が他の女に移っていくにつれ、その心はますます安定を欠いていった。父上が自分から離れていくのは、わたしがふがいないせいだと猛り、怒りにまかせてしばしば鞭(むち)をふるうようになった。焼けた燃えさしを肌に押し付けられたのも、一度や二度ではない。衣で隠してはいたが、わたしの体はいつだって傷だらけだったのだよ」

だが、そうした折檻よりも、折檻が終わったあとに母が正気に戻って、自分に詫(わ)びてくるのを見るほうがはるかにつらかったと、阿古矢は告げた。

「折檻が終わると、決まって母上は子供のように泣きじゃくり、許してくれとすがってきた。こんなことは二度としない、この世のなによりもおまえを愛(いと)しく思っていると、ささやいて……わたしはいつもその言葉にだまされ、そして同じことが繰り返された。わたしはそんな母が憎くて、でも哀れでしかたなかった。そして、母の望みどおりになれぬ自分が歯がゆかった……どんなに男らしく振る舞おうとも、心から男になりたいと思ったことは一度もなかったからだ」

阿古矢の顔に激しい苦悩が浮かび上がった。

「わたしは母上を喜ばせたかった。それは本当だ。母上のお心にかなうよう、立派な王子になろうとした。だがその一方で、わたしの心はいつも叫んでいた。わたしは姫だ、男になどなりたくないと」

押し隠そうとしても、その叫びはいつもどこからかにじみでてきて、阿古矢の男としての振る舞いを狂わせ、母親を怒らせたという。

おまえは王子なのに！　なぜ王子らしく振る舞えないのか！　なぜ女子のような真似をするのか！

鞭を振るいながら母上はよく怒鳴ったものだよと、阿古矢はふたたび乾いた笑いを唇に浮かべた。

「実際、母上の目には、わたしは弱々しい男の子としてしか映っていなかったのだろう。自分が生んだのは姫だという事実を、あの人は無理やり忘れ去ってしまったのだ……正気と引き換えにね」

話し続ける阿古矢の顔を、沙耶はまじまじと見つめた。

『違う。この人は自分とは違う』

沙耶は鍛冶がやりたかったから男になろうとした。自ら望んでのことだ。だがこの阿古矢は、母親に無理やり男を演じさせられていたのだ。その苦痛は、沙耶が味わってきたものとは比べ物にならないだろう。

阿古矢の心の闇がどれほど深いか、沙耶には想像もつかなかった。

しばしの沈黙の後、阿古矢はぽつりと言った。

「もうどうしたらいいかわからなかった。自分の心のままに振る舞えば母を苦しませ、母を喜ばせようとすれば自分が苦しむ。二つの思いに引きずられ、心が千切れそうだった……母だ。全ての苦しみは母上ゆえだった。だから、母が亡くなった時は心底嬉しかった。母上はこの世の苦しみから解き放たれたのだと思ったし、これで心おきなく娘に戻れるとも思った……」

そこまで話した時、急に阿古矢は頭を押さえて、がたがたと震えだした。弓真呂が慌てて阿古矢を抱き支えたが、それでも震えはとまらなかった。こぼれおちそうになるほど大きく見開いた目には、加津稚たちが知らない暗く深い恐怖が広がっていた。

「だが、だが、母上の亡霊が現れ、わたしに付きまとうようになった……わたしが、自分が王子ではなく姫であることを伝えようと、父上に近づくたびに、母はお、恐ろしい目で睨むのだ。あの目で睨まれると、舌が痺れ、心臓がしぼられるように痛んで。口をつぐむよりほかしようがなかった」

だが、阿古矢が口をつぐんでいようといまいと、母の亡霊は片時も阿古矢から目を離さなかったという。

「弓真呂はわたしの体を守ってはくれたが、魂を守ってはくれなかった。どこにいても、何をしていても、わたしは母の姿を見、その息吹を感じていたのだ。あの目！　心の奥底までしゃぶりつくすような、あのまなざし！　それに、あの冷たい息吹！　ああ、氷の爪でかきむしられるようだった！　わかるか？　母は死んでからも、わたしを支配し続けたのだ！」

悲痛な叫びは、寝所の空気を切り裂いた。

しばらく震えていた阿古矢だが、やがて顔を上げた。歪みがそこにはあった。

「ここ数年、わたしは自分が生きているという気がしなかった。亡霊に悩まされ、そなたの母には敵視され、腹違いの妹には軽蔑（けいべつ）され……疲れていた。とてつもなく疲れたまま成人の宴を迎えた時、この日天丸が現れたのだ」

阿古矢の顔から恐怖の色が消え、ふたたび恍惚（こうこつ）とした笑みが浮かんだ。

「これを抜いた時、わたしは母の気配が消し飛ぶのを感じた。母の存在を忘れられたのは、あの時が初めてだったよ。そして、ああ、嘘だと思うかもしれないが、剣はわたしに話しかけてきた。自分を振るい続けるのであれば、わたしの望みを叶（かな）えると、日天丸は約束してくれたのだ」

わかっておくれと、阿古矢は熱を込めて哀願してきた。

「この剣を握っている時だけは、わたしは母上から逃れられるのだよ。母の亡霊をわたしの前に現れさせないようにするためなら、わたしはなんでもする。なんでもだ。誰にも邪魔はさせない！」

姉の目の中に狂気が踊っているのを見て、加津稚はうめいた。

加津稚が、阿古矢が女であると知ったのは八年前、相撲をとりあった時であった。

その時、兄だと思っていた人の胸が、わずかに膨らんでいることに気づいたのだ。

非常な衝撃を受けたものの、加津稚はそのことを誰にも話さず、これまで秘密を守ってきた。阿古矢を守りたい一心で。だが、それが逆に姉の心を蝕む力の助けになってしまっていたとは。

もっと早くに父に話すべきだったと、今さらながらに悔やんだ。

初めて気づいたかのように、阿古矢は沙耶に目を向け、親しげに顔をほころばせた。

「ああ、そなたは日天丸の生みの親だね。あの時は若者だと思ったのだが」

「本当の名は沙耶です、阿古矢さま」

阿古矢は苦笑した。

「そなたがわたしと同じものであったとはね。一体どうしてここへ？」

ありったけの勇気をこめながら、震える声で沙耶は言った。

「阿古矢さま。その剣はおれ、いえ、わたしの間違いから生まれでてしまった物、この世にあってはならない物なんです。ここに来たのは、わたしの手でそれを葬り去ろうと思ったからです。どうかその剣を捨ててください。わ、わたしはあなたと戦いたくない」

驚いたことに、阿古矢はうなずいたのだ。

「わたしもだよ。わたしもそなたと戦いたくはない。わたしたちはこんなにも似ているのだもの。……わたしはね、そなたを初めて見た時から親しみを感じていたよ。同じ境遇だったとわかった今は、さらにそなたが愛おしい」

慈しみに満ちた声音に、沙耶は希望が燃え立つ思いだった。

もしかしたら、この人と戦わずにすむかもしれない。

剣を手放すよう、説得しようと口を開きかけた。だが、阿古矢のほうが少し早かった。ため息をつきながら阿古矢は言ったのだ。

「この気持ちに嘘偽りはないよ。できれば、そなたともっと話をしたかった。だが、日天丸は誰よりもそなたの血を吸いたがっているのだ。わたしには逆らえない。残念なことだ」

そう言って、阿古矢は剣を構えた。目には沙耶に対する哀れみが宿っていた。

「かかっておいで、沙耶。日天丸の要求は、わたしにとっては絶対のものだ。だが、自分からそなたに斬りつけたくはない。さあ、かかっておいで」

最後の望みは絶たれた。戦うことは避けられないのだ。

涙をこらえながら、沙耶は澪弓姫を布から出した。

十四

まばゆい銀の光が満ちた。布から出された澪弓姫（みおゆみひめ）の輝きは、日天丸（ひてんまる）の邪（よこしま）な光をわきに押しやるほど強かったのだ。

ぎょっとしたように阿古矢（あこや）が一歩退いた。

そして阿古矢と同じほど、沙耶（さや）も驚いていた。自分の手の中で輝く、ほっそりとした剣を見つめる。冷たく、清らかな輝き。凄絶（せいぜつ）なまでに鋭く、美しい刃。日天丸と同じく、異質な感じがする。それでいて日天丸にはない、何かが宿っている。

その何かをつかもうと、沙耶はぎゅっと柄（つか）を握りしめた。すると、どうだ。剣から何かが沙耶の中に流れこんできた。

澪弓姫が沙耶に力を与えようとしていた。戦うための力。燃えたぎる荒ぶる力ではなく、冷静に敵を倒そうとする力だ。

沙耶はその力を受け入れた。目ははっきりと冴（さ）えていき、感覚がすみずみにいたるまで研ぎ澄まされていく。身が軽くなり、それでいて全身に力がみなぎるのをはっきり感じた。

『できる。おれは……やれる！』

そう思ったとたん、澪弓姫がさらなる光を放った。

一方、阿古矢は敵の少女の変化に目を見張っていた。

『なぜだ？　なぜいきなり……強くなった？』

かよわげに見える阿古矢だが、この世に生まれてから二十年間、王子として生きてきたのだ。むろん剣術の鍛錬もぬかりなく受けており、その腕前は加津稚（かづち）には及ばないものの、かなり強い。

それに対する沙耶は、鎚（つち）を振るったことは数限りなくあっても、剣を振るったことは一度もない。どちらが強いかは歴然としているはずであった。

だが、こうやって向かい合っていても、沙耶からは少しも弱さ、隙が見いだせない。何か人知を超えた力が沙耶を取り巻き、守っている。

『おそらくはあの剣の力だ。あれも沙耶が作りだしたものなのだろうね。なんという子だろう。やはり、たぐいまれな能力を持つ娘なのだ』

つくづく惜しいと思った。あの娘を殺さなければならないとは。できることなら、腕や足を一、二本叩（たた）き斬るくらいですませたかったのだが。

だが、もはやそれだけではすまない。阿古矢は悟っていた。あの剣は、日天丸の天敵だ。この二振りの剣は、この世に同時に存在することは決してできないものなのだ。

そして沙耶はどんなことがあろうと、あの剣を手放さない。ちょうど阿古矢が日天丸を手放さないのと同じように。

白銀（しろがね）の剣が光った時、自分の手の中で日天丸が一瞬震えるのを感じた。どうやらかすかな恐怖を覚えたらしい。確かに見事な剣、恐れるに足る剣だと、阿古矢は思った。

『だが、勝つのはわたしたちだ』

阿古矢は改めて身構えた。


沙耶は、阿古矢と日天丸から出される殺気にじりじりと押された。澪弓姫の力が体に満ちているとは言え、恐怖を感じないわけではない。敵の殺気は、まるで氷のかけらを吹きつけられているかのようだ。その鋭さに痛みさえ感じた。

高まる緊張に我慢ならなくなり、ついに沙耶は雄叫（おたけ）びをあげながら突っこんでいった。澪弓姫を両手でしっかりと持ち、体ごと阿古矢にぶつかっていく。

だが、渾身（こんしん）の一撃はやすやすとかわされた。

つんのめる沙耶に、今度は阿古矢が猛然としかけてきた。彼女の攻撃は重く、速かった。繰り出される日天丸は、さながら稲妻のようにきらめき、右にあるかと思えば、次には足元を狙ってくる。

それでも沙耶は阿古矢の攻撃の一つ一つを防ぎ、受け止めた。その確実な防御は沙耶がやっていることではなく、澪弓姫の意志であった。沙耶を守らんと、澪弓姫が自分で動いているのだ。そうでなかったら、沙耶は一瞬たりとももたなかっただろう。たちまちのうちに体を斬り割られるか、深々と貫かれるかされていたはずだ。

だが、澪弓姫にできるのはそれが限界だった。次々と繰り出される日天丸の動きに追われて、なかなか攻撃に転じられない。

『逃げてばかりじゃ……勝てない！』

沙耶は必死で全身の神経を尖(とが)らせ、相手のわずかな隙を逃さないように気をつけた。剣をかちあわせ、時には転がるようにして逃げ、隙を見てはまた踏みこむ。そうやって無我夢中で戦っているうちに、次第に沙耶の中の恐怖が薄れてきた。もうこうなってくると、刃が肉薄してこようと顔をかすめようと、何も感じなくなってくる。

だが、そばで見ている加津稚と護足(ごたり)にとっては、これは拷問と同じだった。こんな危うい戦いぶりを見るくらいなら、自分で戦ったほうがまだましだ。なんとか持ちこたえている沙耶だが、その幸運も長くは続かないと、二人は知っていた。所詮(しょせん)、沙耶がかなう相手ではないのだ。

しかし、助勢することはできなかった。二人の前には、阿古矢の影人(かげびと)が立ちふさがっていたのだ。

「そこをどけ、弓真呂(ゆみまろ)！」

「できません」

「弓真呂、ぬしはわからぬのか！　このままでは、阿古矢さまは魔性に全てを奪われてしまう。阿古矢さまがだめになってしまうことが、ぬしにはわからぬのか！」

　二人の怒声に、影人の顔がわずかに歪んだ。

「わかっています。ですが、わたしはこれ以上、阿古矢さまを裏切ることはできないのです」

　その声には、はっとするほどの深い悲しみが宿っていた。

「弓真呂……」

「わたしはずっと見てきました。あの方が望まぬ生き方をしているのを、母君に傷つけられているのを。だが、なすすべもなくそれを見ているしかなかった」

　それがひたすら悲しく、悔しかった。守るべき主を守れない自分が、ただただ情けなかった。

　それをなんとか変えたいと、猛烈に体を鍛え上げた。だがそれでも、阿古矢の孤独と闇に堕ちていく魂を救うことはできなかった。救おうとした時には、阿古矢の心はすでに弓真呂のそばを離れていたのだ。

　いくら手を差し伸べても、もはや阿古矢はその手に気づくことはない。阿古矢の魂は、ひたすら死んだ母親のまなざしを見返しているのだから。

「生きながら死んでいるというのは、まさに阿古矢さまのためにある言葉でありました。その阿古矢さまが、あの剣を手に入れた時、初めて安らいだ顔をなされた。だから、わたしは思ったのです。あの剣が悪しきものであろうと、阿古矢さまを幸せにしてくれるのであれば、好きにさせようと。それが、本当に必要とされていた時に、あの方に手を差し伸べられなかったわたしの、せめてもの償いなのです！」

だからここは通さないと、重くつぶやく影人。彼も、阿古矢とはまた別の形で闇に呑まれた人間であったのだ。

たわけものがと、護足はののしったが、加津稚王子は逆に冷静になった。王子は真剣そのものの顔で弓真呂に語りかけた。

「おれも同じだ、弓真呂。おれもあの人をずっと守ろうとしてきた。今だって同じだ。守りたいと思っている。だから、なんとしてもあの剣からあの人を引き離さなければならないんだ。やつは魔性だ。今はあの人を守っているように見えても、いずれは裏切るぞ。そうなる前に手を貸してくれ、弓真呂。本当の意味で兄上を、いや、姉上を助けてやってくれ。頼む！」

だが、弓真呂は力なくかぶりを振るばかりだ。その手が腰に伸び、小ぶりの刃物を抜き放った。

「あなた方を殺しはいたしません。そんなことをすれば、阿古矢さまはお嘆きになる。もっとも、今のあの方に嘆く心が残っているかどうかわかりませんが……どうかお許しください」

そうささやきながら、弓真呂は一歩踏み出てきた。

不気味に迫ってくる男に、加津稚は舌打ちをした。どうあっても説得は無理らしい。護足にささやいた。

「こいつを殺さずに倒せるか？」

「難しいことですな。わし一人ではおそらく無理かと」

「おれが手伝う。それでもだめなら……殺す」

加津稚は苦しげな目を前に向けた。弓真呂の背後では、沙耶と阿古矢が激しく斬り結んでいた。

「沙耶！　もう少し踏ん張れ！　すぐに助けに行くからな！」

そうして加津稚と護足は身構えた。一刻も早く弓真呂を片づけ、沙耶のもとに行かなければ。

一方、沙耶の動きは徐々に鈍くなってきていた。息があがり、疲れが枷となって体を封じこんでくる。

だが、対する阿古矢は、息一つ乱していない。悲しげなまなざしをしながら、いささかの手心も加えずに迫ってくるその姿は、ぞっとするものがあった。

『日天丸の力か……あれが阿古矢さまに力を与えているのか……』

沙耶は唇を噛んだ。

ひときわ鋭い突きを、阿古矢が送りこんできた。沙耶はわき腹をわずかに傷つけられ、動転したところを蹴り飛ばされた。

ついに隅へと追いこまれた。逃げ場を失った沙耶は、受け身をとることしかできなくなった。目障りな澪弓姫をへし折りたいと言わんばかりに、阿古矢は繰り返し日天丸を叩きつけてくる。刃と刃がかちあうたびに青白い火花が散り、生臭い匂いが立ちのぼる。

一撃一撃が確実に沙耶に響いてきた。澪弓姫を握っている手が痺れ始める。汗が目の中に入ってきて痛んだ。もう限界だ。

「沙耶！」

加津稚の声がしたかと思うと、突然、向こうから唸りをあげて剣が飛んできた。それは阿古矢の体に突き刺さるかに見えた。

「阿古矢さま！」

護足に押さえこまれた弓真呂が絶叫した。

だが、阿古矢はさながら鬼神のようであった。いとも優美に日天丸を一閃させ、飛んできた剣をやすやすと叩き折ったのだ。

砕けた破片が飛んできて、沙耶の頰を傷つけた。

阿古矢は腹立たしげに加津稚を睨み、何か言おうと口を開きかけた。この時、沙耶が動いた。猛烈な足払いを阿古矢に食らわせたのだ。

だが、それは思わぬ事態を招いた。よろめいた阿古矢は、まだ体勢を立て直していない沙耶へと、倒れこんできたのである。その手は日天丸を握ったままだった。

胸を貫かれてしまう！

沙耶はとっさに左腕でかばった。次の瞬間、気も失うような痛みに襲われた。日天丸が左腕に突き刺さったのである。鋭い切っ先は腕を軽々と貫通しただけでなく、そのまま左肩に食いこんだ。あと少し位置が下であったなら、まちがいなく心臓を一突きにされていただろう。

だが、危ういところを助かったものの、激しい痛みには変わりはない。しかも、日天丸は沙耶の血を貪欲にすすり始めたのだ。慌てて引き抜こうとしたが、阿古矢が柄を押さえつけているため、びくとも動かない。

このままでは血を飲みつくされてしまう。

沙耶は痛みをこらえながら、日天丸の柄を握っている阿古矢の顔を殴った。鍛冶で鍛えてきた右腕で、そのまま何度も殴りつける。弓真呂を倒した加津稚たちも駆け寄り、なんとかして阿古矢を剣から引き離そうとした。

しかし、男二人に引っ張られても、殴られて顔が血まみれになっても、阿古矢は日天丸を手放そうとはせず、また日天丸も沙耶から抜けなかった。

そうする間にも、沙耶の体に食いこんでくる冷気と痛みは、ぐんぐんと強まってきた。阿古矢を相手にしている場合ではない。

沙耶は叫んだ。

「澪弓姫を！　おれに！」

護足が落ちていた銀の剣を沙耶の手におさめてくれた。この時には息さえままならないほどの苦しみを味わっていた沙耶だが、無理に右手を振り上げ、唸りをあげて血をむさぼっている日天丸に澪弓姫をふりおろした。

キンと、耳の奥が痛くなるような音がたった。そのたいして強いとも言えない一撃に、どういうわけか、阿古矢が日天丸から手を放した。

熱いものに触れたかのように、ぱっと彼女が手を放すと、それまでびくともしなかった日天丸が急に力を失った。あれほど深く沙耶に突き刺さっていたのが、するりと抜け落ちたのである。

落ちた剣を、すぐさま阿古矢は拾い上げようとした。そうはさせないと、加津稚は姉の体を抱きこんだ。

「は、放せ！」

激しく暴れる阿古矢をすくいあげ、加津稚は勢いよく床に叩きつけた。堅い床にしたたかにぶつけられ、阿古矢は気を失った。

一方の護足は沙耶を支えていた。沙耶は血の気がすっかり引き、死人のような顔色となっていた。

「大丈夫か、沙耶？」

とても大丈夫だと言える状態ではなかったが、沙耶は口の端を持ち上げて笑って見せた。

「え、ええ。それより日天丸を始末しないと。おれを日天丸のそばに連れていってください」

沙耶にはもはやそうするだけの力も残っていなかったのだ。

護足はそっと沙耶を導き、日天丸のそばに座らせた。不気味な唸り声を上げて、威嚇してくる魔性の剣。その上に、沙耶は澪弓姫をかかげた。そのまま護足に手伝ってもらいながら、日天丸の刀身に澪弓姫を突き刺したのだ。

人間離れした咆哮(ほうこう)が上がり、わきあがってきた爆風に護足と沙耶は跳ね飛ばされた。

あれほど無敵であった日天丸は折れていた。その折れた箇所から、肉色のどろりとしたものがあふれでてきたのである。それは一つにまとまり、巨大に膨れ上がった。

ぐねぐねとうごめくそれは、形らしい形をしていなかった。しいて言えばなめくじに似ていたが、なめくじよりもはるかに凶悪で、動きもはるかに敏捷(びんしょう)だった。

剣に宿っていた魔性は、はっきりとした意志を持って、沙耶を飲みこもうと押し寄せてきた。澪弓姫を振り回す間もなく、沙耶はすぐに粘ついた触手のようなものに剣を奪われてしまった。

「沙耶！」

加津稚王子は沙耶を助けようと手を伸ばした。が、魔性の弾力のある体が鞭のようにしなり、いとも簡単に王子をはじき飛ばし、壁に叩きつけた。

だが、王子が跳ね飛ばされたことも、床に倒れていた阿古矢が自分と同じように魔性に飲みこまれたことも、沙耶は知ることはできなかった。

その時、沙耶は深い暗闇の中にいたのだ。魔性のおぞましい体に抱きこまれ、一瞬息苦しさを感じたかと思ったら、いつのまにかここにいたのである。何も見えず、何も聞こえなかった。あるのは静寂と闇のみ。

「ここは……どこだ」

ふいに背後に気配を感じた。振り返れば、十歩ほど離れた場所に阿古矢が立っていた。

阿古矢は完全に我を失っているようであった。肌は色を失い、両腕はだらりとたれ、裏返った目が虚空を見ている。白くなった唇が震えるように動き、しきりにぶつぶつと声を吐き出していた。耳をすませると、いくつかの言葉が切れ切れと聞こえた。

「は、離れないで！」

「言われた通りに、す、するから……今度こそ」

「お願いだ！　見捨てないで！」

目に見えぬ誰かに哀願しているかのようなつぶやきに、沙耶の全身に鳥肌が立った。ひとしきりつぶやいたあと、ふいに阿古矢は沙耶を見た。とたん、すさまじい形相となった。美しい顔が信じられないほど歪み、口がきゅっと引き絞られ、のみでえぐったかのように深い亀裂を生みだす。目は三日月のごとくつりあがった。めらめらと、瞳の奥に青白い炎が燃え上がる。

それはまさしく鬼の顔だった。戦っている時でさえ、阿古矢は涼しげに微笑んでいたというのに。阿古矢をここまで変化させたものに、沙耶は激しく恐怖した。

憎々しげに阿古矢は沙耶を睨みつけた。

「日天丸が怒っている。わたしを役立たずとののしり……わたしから離れようとしている。そなたのせいだ、沙耶！　そなたなど……とっとと死ねばいいのだ！」

一言一言を叩きつけるがごとく、阿古矢はゆっくりと言葉を口にしていった。

沙耶は動けなかった。向けられる憎悪で、体に穴が開くような気がする。人から憎まれることが、こんなにもつらいことだとは。涙があふれた。だが、沙耶の涙を見ても、阿古矢の表情も憎しみも少しも和らがなかった。

獣のような唸りをあげて、阿古矢は突然襲いかかってきた。しなやかな指がかぎ爪のごとく折り曲げられ、沙耶の喉笛を狙う。

沙耶は身をのけぞらせたが、肩をつかまれ、引き倒された。骨が砕かれるような痛みに、思わず悲鳴をあげた。だが、阿古矢は力をゆるめなかった。

二人の足元には、周囲の闇とはまた違う、泥沼のごとき闇が広がっていた。その汚泥のような闇に、阿古矢は容赦なく沙耶を押しつけていく。

ぐいぐい闇に押しつけられ、沙耶は自分が沈み始めるのを感じた。まるで泥の中に沈むように、冷たい粘ついた感触が体にからみついてくる。

沈んだら、二度と戻れない。

死への恐怖に、沙耶の心を痺れさせていた迷いや悲しみが消えた。生きたいという本能のみが浮き上がる。

死に物狂いで沙耶は暴れ始めた。阿古矢の腕に嚙みつき、顔に深く爪を立てた。

「うっ！」

たまらず、阿古矢の力がゆるんだ。すかさず沙耶は身を起こし、さらに阿古矢の腹を蹴りつけた。狙いがそれて、わき腹にあたった。阿古矢が横に倒れた。

沙耶は猛然と飛びかかった。凶暴な何かで頭の中が真っ白になっていた。この人を動けなくさせなければ。目の前から消さなければ。

今度は沙耶が阿古矢に馬乗りになり、その喉をつかんで闇に押しつけていった。阿古矢はもがいたが、喉を押さえられてはたいした抗(あらが)いはできない。みるみる体が闇に溶けていく。歪んだ白い顔が消えていくのを、沙耶は目も背けずに見つめていた。

ついに阿古矢は完全に闇に沈んだ。沈んだあとさえ残らなかった。

沙耶はそのまま茫然(ぼうぜん)とへたりこんだ。何も感じず、何も思い浮かばなかった。全てがぼんやりとかすんでいる。だが、なぜだろう。胸の奥が少しざわついている。何かとてつもないことをしでかしたとでも言うように。

目を閉じ、心のざわめきに耳をふさごうとした時であった。ぬっと、突如足元の闇が盛り上がり、一人の若者が沙耶の前に現れた。

若者を見たとたん、沙耶はあえいだ。大声で叫びたいのに、あまりのことに声さえ出ない。ただ数歩あとずさり、相手を見つめることしかできなかった。

若者は背が高く、がっしりとした体は見事な均整をとっていた。ことに厚い胸板、広々とした肩から太い腕にかけての筋骨のたくましさには、惚(ほ)れ惚(ぼ)れさせられる。鎧(よろい)兜(かぶと)を着たらさぞかし似合うだろうと思わせる、堂々たる偉丈夫である。

そしてその顔は、ああ、その顔は沙耶と同じだった。目元も口も鼻筋も、沙耶と寸分とたがわない。だが、造作は同じでも、若者には男特有のいかつさがあった。

それは佐矢琉(さやる)だった。沙耶がずっと「こうでありたい」と願い、思い描いてきた佐矢琉の姿だった。そのことに、沙耶は激しく心をゆさぶられた。

若者はゆっくりと口を開いた。低くもなめらかな声が、沙耶の耳に滑りこんできた。

「やっとこうしてお会いすることができましたね、我が君」

その言葉に、沙耶の頭に稲妻のようにあることが思い浮かんだ。

「おまえ……日天丸か」

若者の姿をしたものはくすりと笑った。

「ええ。そういう名前であったこともありました」

沙耶の心臓が恐怖でぎゅっと縮んだ。汗がだらだら滴る。そんな沙耶に、まるで昔からの友に対するように、日天丸は親しげに語りかけてきた。

「そう硬くならずに。危害を加えるつもりはありません。あなたはわたしのまことの主なのですから」

「お、おれが主？」

「はい。ここにあなた方を連れてきたのも、あなた方の間で決着をつけていただきたかったからです。よくぞ阿古矢を倒してくださった。これでわたしはあなたのものです。あなたはわたしを勝ち得たのですよ」

「……」

警戒する沙耶を、日天丸は哀れむように眺めた。

「それにしても、なんと哀れなお姿になられたことか。あなたの神は酷い事をする。それなのに、あなたはその神が命じるままにわたしを壊そうとなさる。なぜそのような愚かな真似をなさるのです？」

「お、お、おれは別に八長姫さまに命じられたから、おまえを壊すんじゃない！　おまえが人の心を蝕み、血を喰らう邪なモノだから、こ、壊すんだ！」

沙耶の必死の抵抗に、だが、日天丸はかぶりを振った。

「わたしは邪悪ではありません。人の望みを叶える力を持っているだけです。神々はそれを恐れて、あなたを巧みに操って、わたしを壊そうとしているのですよ、沙耶」

「なれなれしくおれの名を呼ぶな！　そんな嘘に惑わされるものか！」

「嘘ではありません。その証に、わたしの名をお渡ししましょう。わたしの真の名は『佐矢琉』です、我が君」

どういうわけか、沙耶は喉の奥をつかまれたかのような心地となった。

必死で動揺を鎮めようとする娘に、魔性はさらにたたみかけてくる。

「そう。わたしは佐矢琉。あなたの半身であるもの。そして、わたしの真の主はあなたなのです」

冗談じゃないという沙耶の叫びは、甘やかな佐矢琉の笑みに押しつぶされてしまう。

佐矢琉はにっこりと笑った。

「わたしはあなたの望みを知っている。男になること。そうですね？　だが、あなたの神はそれを叶えなかった。あなた自身、すでにそれをあきらめかけておられる。所詮はただの夢に過ぎないと……しかし、夢が真になると言ったら？　わたしを選べば願いが叶うと言ったら、どうしますか？」

愕然としている沙耶に、佐矢琉の声はこの上なく甘美に響いてくる。聞くまいとしても、乾いた砂が水を吸いこむように、心の中に彼の声がしみこんでくるのだ。

「前の主は母親の幻から逃れたいと願い、わたしはそれを叶えた。我が君、あなたの望みも、決して不可能なことではない。わかりませんか？　あなたも前の主も、そしてこのわたしも、欠けた月のようなものなのです。欠けているがゆえに弱く、孤独に苦しむ半月は、お互いを得て初めて完全な月となる。わたしたちこそ、その半月なのです」

すっと佐矢琉は手を差し出してきた。

「おいでなさい。欠けているがゆえの迷い、苦しみはもう終わりにしましょう。わたしたちは一つとなり、満ちた月となって力を手にするのです。日天丸は折れてしまったが、あなたが念じさえすれば、澪弓姫がわたしの新しい器となります。わたしを選んでくだされば、他の誰にも、神にさえできぬことをしてさしあげましょう。さあ、わたしの手を」

沙耶は、いつのまにか佐矢琉の言葉に酔いしれていた。

男になれる。

一度はきっぱりと捨てた夢とは言え、この言葉の呪縛（じゅばく）は強かった。思わず一歩踏み出してしまった。そうなると、もう止まらない。

沙耶は一歩一歩近づいていった。近づくたびに、佐矢琉の笑顔がよりはっきり見えてくる。この顔が、この姿が自分のものになるのだと思うと、胸がどきどきした。

だが、あともう少しというところで、沙耶はふと佐矢琉の足元に目が行った。穢（けが）れた闇が広がっていた。その闇の中に、白い人影が浮かびあがっていた。

沙耶は我が目を疑った。闇の中に逆さに沈んでいるのは、阿古矢だったのだ。まるで水に映った影のごとく、佐矢琉の足元にいる。

阿古矢は目を閉じ、うつろな表情をしていた。その顔色はこれまで見たどんな白よりも白く見えた。死そのものを思わせる色だった。

十五

一瞬にして、沙耶は我に返った。

阿古矢。日天丸に操られ、この世の全ての理を忘れ去ったかのように幸せそうで、そして自分というものを失い、うつろだった阿古矢。

あれが佐矢琉の言う「満ちた月」の姿なのだ。

ああ、そうだ。だまされてはいけない。最初、この魔物は阿古矢を操り、思う存分利用し、魂をしゃぶりつくした。そして今度は、沙耶という新しい獲物を見つけだした。この魔物は次々と新しい姿をほしがるものなのだ。利用し尽くされ、吸いつくされた者の魂は、最後には魔物の影に喰われるのだ。

先ほどの戦いとてそうだと、沙耶は気づいた。阿古矢だけでなく、沙耶もまんまと魔物に操られたのだ。ぶつけられる殺気に我を忘れ、阿古矢を闇に沈めてしまった。もっと他に方法があったはずなのに。自分がしでかしてしまったことが、身もだえするほど恥ずかしく、恐ろしかった。

だが、もう間違いはしない。

沙耶は雄叫びをあげ、佐矢琉に飛びかかった。突然のことに、佐矢琉はぎょっとして身をこわばらせた。その顔を殴りつけておいて、沙耶は闇に膝をつき、阿古矢へと腕を差し伸べた。

ずぶりと、腕が闇に突き通った。氷のように冷たく、粘り気のある泥のような感触だった。だが、かまわず腕を差しこみ、ぶらぶらゆれていた阿古矢の手をつかんで、力いっぱい引っ張った。

阿古矢が少しずつ闇から抜け出してきた。細い腕、胸元、体が、徐々に現れてくる。だが、そのかわりに、沙耶の体が重みを受けて沈みだした。

佐矢琉のあざける声が響いた。

「無駄なことをなさるものだ。その者はすでに現世で生きる希望をかけらもなく失っているというのに。望みのない者の魂は重たく沈むのみ。さっさとお放しなさい」

「いやだ！」

「愚かな。万が一、そこから出してやれたとしても、その者一人では現世には戻れませんよ。なにしろ、本人が戻りたくないと思っているのですから」

「うるさい！」

沙耶は阿古矢を必死に抱きしめ、なんとか闇から抜け出そうとした。だが、阿古矢は驚くほど重く、からみつく泥のしつこさはすさまじかった。せっかく腰のところまで出てきかけていた阿古矢であったが、またしても沈み始めた。今度は支えている沙耶もろともにだ。

このままでは埒(らち)があかないと、沙耶は阿古矢に呼びかけた。

「阿古矢さま！　しっかりしてください！　目を覚まして！　絶望なんかに負けちゃだめです！　生きないと！」

「……」

「お願いですから！　自分のために生きたくないって言うんなら、阿古矢さまを想う人達のために生きてください！　みんな、阿古矢さまが好きです！　みんなのために戻ってください！」

阿古矢がぼんやりと沙耶を見た。

「戻って……なんになると言うのだ？　加津稚がいても、弓真呂(ゆみまろ)がいても、わ、わたしは孤独だ。また……裏切られるだけ。日天丸がな、なくては……母上が……」

「あなたの母君はもう死んでいるんです！」

沙耶は絶叫した。阿古矢の物分かりの悪さに頭に来て、胸をつかんでがくがくゆさぶった。

「いつまで亡霊にとっつかまっているつもりですか！　しっかりしてください！　それで王子だなんてよくやってこられましたね！　おれのほうがよっぽどしっかりしていましたよ！」

「どうせ……わたしはできそこないだよ」

「違う！」

　思わず阿古矢の顔を平手で打った。

「いい加減、目を覚ましてください。何かやりたいことはないんですか！　ほんとに、本当にないんですか？　何も？　そんなわけないでしょう？　思い出してください。あなたがやりたかったことを思い出して！」

　沙耶の必死の叫びに、阿古矢は目を閉じた。長いこと考えたあげく、ようやくかすかな声でささやいた。

「父上に……わたしの本当の姿をお見せしたかった。姫であるわたしを見ていただき、認めていただきたかった」

「じゃあ、それをやりましょう。それをやるために生きましょう！」

　熱のこもった言葉に、阿古矢は少し啞然（あぜん）としたようだった。恐る恐る言った。

「……そなたは……ここから逃げられると信じているのだね？」

「当たり前です！　せっかく女でも鍛冶（かじ）をしていいと許しをもらったのに、こんなとこで死んでたまるかってんです！」

　沙耶は佐矢琉を睨（にら）みつけながら鼻息も荒く怒鳴った。全身から火のような気迫が立ちのぼっていた。

『なんという子だ……』

阿古矢は感嘆した。沙耶は内から輝いていた。まっすぐとした信念が、その魂が日輪のごとく輝いているのが見える。まばゆい力の波動が自分の中に送りこまれてくるのを、阿古矢は感じた。

『この娘がまだあきらめていないというのなら……わたしにもまだ道が残されているのかもしれない』

知らず知らずのうちに、阿古矢は沙耶の手を握り返していた。

次の瞬間、二人は闇より抜け出していた。どちらの体からも、こびりついていた闇がきれいに落ちていた。

「た、助かった、んだ」

「そのようだ」

それでも二人はお互いの手を離さなかった。離したら、またどちらかが沈んでしまうような気がして、恐ろしくて離せなかったのだ。今さらながらに、震えがこみあげてくる。

そんな二人に、忌々しげな舌打ちが聞こえてきた。

前を向けば、佐矢琉が冷ややかに阿古矢を見ていた。

「人間というものは、思いもしないしぶとさを見せてくれるものですね。まさかあの泥から抜け出すとは。あなたにそんな力が残っていたとは思いませんでしたよ、阿古矢」

「…………」

「まあいい。あなたは現世に戻りなさい。わたしのいない現世で、一人で苦しめばいい。負け犬にはふさわしい生き方だ」

沙耶は阿古矢をかばおうとしたが、それより早く、佐矢琉がふっと息を吹きかけた。阿古矢の姿がさっとかき消えた。それこそまばたきする間もなかった。

「さあ、これで本当に二人きりになれましたね」

と、佐矢琉は沙耶に微笑みかけてきた。が、もはやその笑みは沙耶にはなんの意味もなかった。睨み返されて、佐矢琉は媚びるように言った。

「あの人間を見捨てるように言ったことを怒っているのですか？　まさかそんなことで、わたしを拒んだりはしないでしょうね？　そんな些細なことのために、大事な望みを投げ捨てはしないでしょう？」

「ああ、違うな」

沙耶は静かに答えた。

「怒ってなんかいない。まだおれが言うことを聞くと思っている、おまえの馬鹿さ加減にあきれているだけさ」

沙耶は佐矢琉を睨みつけた。

「確かにおれは欠けた月かもしれない。だが、おまえの力を借りるくらいなら、欠けたままでいるほうを選ぶ。おまえが与えてくれるものはただの紛い物だ！　本物じゃないんだ！　そんなものはいらない。おまえなど必要ない！　おまえなどいらないんだ！」

沙耶の拒絶に、佐矢琉の顔がさっと醜く歪んだ。

「馬鹿な奴！　最強の相棒になれたものを。ならば苦しんで死ぬがいい！」

いきなり弾けるような衝撃が伝わり、沙耶は現世に戻ったのを知った。同時に左肩に激痛が走った。冷たいぬめぬめとしたものが沙耶の体を這い回り、左肩の傷口に口をつけて血をすすり始めたのだ。

苦しむ沙耶に、耳障りな笑いが聞こえてきた。

「やはりおまえの血は格別にうまいな。くくく。おれを育てただけのことはある」

沙耶は目を大きく見開いた。おれを育てただと？

「ああ。どういうことだと思っているな？　よしよし、教えてやろう。時は七年ほど前にさかのぼる。その頃、おれは形も力もないただの影に過ぎなかった。地中の暗闇を這い、地虫などの命をすすって、やっとのことで生き延びていた惨めなものだったのだ」

だが、ある時、一人の少女を見たのだと、魔性は話した。

「少女はまだ幼かったが、男になりたいと強く願っていた。強い願望というものは、良くも悪くも力に満ちている。我ら闇の眷属はその隙につけこみ、力を得るのよ」

そして、女としてのさだめに逆らう少女の心は、いずれは熟す果実と同じだった。これ以上の獲物はない。

「おれはその場で少女、つまりおまえの心に巣食ったのだ」

おまえは最高の宿主だったと、魔性は心底楽しげに喉を鳴らした。

「おまえは常に野心と不満に満ち、男になることをあきらめなかったからな。わかるか？　おまえが男になりたいと願うほど闇は濃くなり、おれに力を与えていったのだ。おまえという繭の中で、おれは成熟していったのよ」

言葉になぶられ、沙耶は怒りと屈辱で一瞬痛みさえも忘れた。胸がただれるような悔しさだ。だが、魔性にとってはその怒りさえも心地よいらしい。口調がさらに楽しげになる。

「そうして何年か経ち、前とは比べ物にならないほど強くなったおれは、今度はじかに温かい血肉を喰らいたくなった。そこで、おまえの不満や憤りをあおりながら時を待った。もっと強くなるための時をな。それはほどなくやってきた。いつだったかはわかるだろう？」

沙耶の脳裏に、護足と初めて会った時のことが浮かんだ。魔性が陰湿に笑った。

「そうだ。あの依頼よ。身分の高い人間の剣は、おれの器にうってつけだ。だからおまえがあの剣を鍛える時、おまえがこれまでに抱いてきた不満、怒り、嫉妬の全てを剣に注ぎこむように仕向けたのよ。そうして出来上がった剣に、おれは宿った。あの剣は居心地がよかったぞ。なにしろおまえそのもの、おまえの心の暗い部分そのものだったからな。あははは！」

魔性の勝ち誇った高笑いに、沙耶は頭が割れそうだった。つらくて、悔しくて、心の中がどうにかなってしまいそうだ。これ以上聞きたくないと激しくもがいたが、動かせるのは右腕だけだった。あとはしっかり押さえつけられている。

急に魔性は笑いやんだ。沙耶を見下ろす視線には、獲物に対する欲望と飢えが満ちていた。

「おまえがおれを育てたのだ。いわば、おまえは我が母。その血は、他の誰よりもおれに力を与えてくれる。沙耶、おまえはおれのものとなるのだ」

沙耶は身をのけぞらせた。痛みが強くなったのだ。全身が何かに強く吸いこまれている。骨が溶けるような痛みと共に、「死」という言葉が頭の中に流れこんできた。

「嫌だ！　死にたくない！」

大声で叫び、自由の利く右手で体に張りつく魔性を払いのけようとした。そうして動かした手の先に、何か固いものが触れた。はっとした。懐にしまっておいた物のことを思い出したのである。

なんでもっと早く思い出さなかったのかと、自分を叱りながら、沙耶は懐に右手を突っこんだ。

「八長姫さま！　お力をお貸しください！」

叫びながら沙耶が懐から取り出したのは、澪弓姫と同じ輝きを持った小さな短刀であった。

突然の白銀の光に、魔性は驚きで身をこわばらせた。それが命取りとなった。その隙をついて、沙耶は渾身の力をこめて短刀を突き出したのである。

宮をゆるがすほどの悲鳴を上げ、魔性は沙耶を放り出した。油断していただけに、かなり深く貫かれてしまったのだ。

痛みをこらえて短刀を引き抜くと、傷口からじくじくと悪臭を放つ体液が流れ出した。危険な傷だ。ここはいったん退散しよう。傷を癒して、改めて報復に来るのだ。

人間風情にここまで傷つけられたことへの怒りと痛みに焦りながら、魔性は形のさだまらぬ巨体を天井にぶちあてた。屋根に穴を開け、そこから逃げ出そうというのだ。

だが、手負いの獲物を逃がしてやるほど、人間たちは甘くはなかった。

もう一度体当たりをしようとした時、魔性は体に水のようなものがかかるのを感じた。はっと振り向けば、護足が油壺の中身を自分の上にぶちまけていた。そしてその横には、松明を手にした加津稚王子が仁王立ちになっていた。

人間であったなら、ざあっと血の気が引いていたことだろう。魔性は急いで身を翻そうとした。だが、遅すぎた。

「逃がすか！」

王子が松明を放った。狙いたがわずそれは油の上に落ち、油をあびせかけられた魔性の巨体は、一瞬で火に包まれた。

この時魔性があげた絶叫を、三人は生涯忘れないだろう。耳奥を貫き、脳天まで突き破るような鋭い悲鳴に、加津稚と沙耶は耳をおさえ、護足でさえも顔を歪ませた。

体を焼かれる激痛に、魔性はのたうちまわった。火は急速に力と命を奪っていく。必死で壁を壊して外に這い出た。地面の上を転がりまわって、なんとか火を打ち消す。だが、そこまでが限界だった。取り返しのつかない痛手に、身動きが取れなくなってしまったのだ。

沙耶が死に物狂いで立ち上がったのはこの時だった。

体の左半分は完全に麻痺していた。残りの右半分にも強烈な痛みがある。だが、まだ休めない。動けるうちになしとげなくてはならない仕事が残っているのだ。

休みたいという願望をはねのけて、沙耶は震える右手で澪弓姫を拾い上げ、よろよろとしながらも魔性に近づいていった。

　痛みにすすり泣いている魔性は、先ほどの半分ほどに縮んでいた。黒く焦げ、体中にできた火傷（やけど）はぷすぷすと音を立ててはじけ、体液を飛び散らせている。先ほど沙耶から受けた傷口はさらに開き、つぶれた内臓が体液と共に流れ出ていた。

　近づいてきた沙耶に、魔性は哀れっぽくささやきかけた。

「助けて、くれ。助けてくれ、沙耶。た、助けてくれたら、おまえの言うことは、な、んでも聞くから。お、まえに従い、おまえのち、力となるから」

　だが、沙耶の表情は変わらない。そのまま澪弓姫を構える娘に、無我夢中で魔性は叫んだ。

「わかってい、るのか！　おれを殺せば、け、決して男にはなれないのだぞ！　お、お、まえの望みは永遠に消えることに、な、なるのだぞ！　おまえには、お、おれが必要なんだ！　おれがいなければ、おまえは一生半人前なんだ！　それがわか、らないのか！」

「おまえこそわかっていないな」

　静かな声を沙耶は放った。

「おれが男になりたかったのは、鍛冶の匠（たくみ）になりたかったからだ。炎を操り、鉄を鍛えたかったからだ。だが神々は、おれがおれのままであることをお望みになった……

おまえがいなくとも、わたしは鍛冶の匠なんだ。三雲の沙耶となったわたしに、おまえなんか必要ない」

沙耶は満身の力をこめて、剣をふりあげようとした。その時、背後から声をかけられた。

「さ、沙耶……」

振り返れば、阿古矢がいた。足を引きずり、ゆっくりとこちらに近づいてくる。まだ邪魔するつもりなのかと、沙耶も加津稚たちも身構えかけた。だが、青ざめてはいても、阿古矢のまなざしは澄んでいた。

「沙耶。わたしにもやらせてくれ。わたしに手伝わせてほしい。お願いだ」

声にも目にも誠がこもっていた。

沙耶がうなずくと、阿古矢は沙耶の手に自分の手を重ねてきた。

阿古矢が本気だと気づき、魔性がうめき声をあげた。自分が見捨てた人間が、今、自分を見捨てようとしている。

おののく魔性に、沙耶と阿古矢はひんやりと微笑みかけた。

「おまえなどいらないんだ」

二人は息を合わせて、魔性に剣を突き立てた。

澪弓姫はやすやすと分厚い肉を貫き、根元まで突き通った。それだけではない。ぶよぶよとした肉の中に埋まった刃が、突然細かく砕けたのだ。

無数の銀の破片はそのまま魔性の体内に飛び散り、容赦なく肉を裂き、傷口を焼いた。瀕死の魔性にとって、それは致命的な打撃だった。

痛みと共に、魔性は自分の命が尽きていくのを感じた。

「イヤダ！　イヤダ！　死ニタクナイ！　死ニ、タクナ、イ！」

その泣き声さえ弱っていく。

やがてすすり泣きは完全に消え、動かなくなった魔性の体は徐々に小さくなり始めた。跡形もなく消え去るまで、さほどの時間はかからなかった。

魔性が死ぬと、沙耶の手に残っていた澪弓姫の柄が空気のように薄れて消え去った。役目を終えたためだろう。すがすがしいほどの消え方であった。

この時、ようやく全てが終わったのだと、沙耶は気づいた。

「終わった……」

安堵のあまり、その場に倒れそうになった。同時に、それまで忘れていた痛みがぶり返してきた。

「っつう！」

倒れかける沙耶を抱きとめた加津稚は、ぎょっとした。沙耶の体は驚くほど軽く、その肌は氷のように冷え切っていたのである。

「沙耶！　大丈夫か？　護足！　医師を！」

言われるまでもなく、護足はすでに走り去っている。

この時、気絶させられていた弓真呂がようやく目を覚ました。跳ねあがるように起きあがった弓真呂は、すぐさま阿古矢に駆けよっていった。

「阿古矢さま！　あ、阿古矢さま！　しっかりなさってください！」

朦朧としている阿古矢を抱きとめ、しきりに呼びかける弓真呂の声には、影人らしからぬ不安と気遣いがあふれていた。

だが、弓真呂のことも、阿古矢の存在すらも、今の加津稚王子は気にならなかった。灰のような顔色をしている沙耶を、加津稚王子は両腕で抱えこんだ。冷えた体をできるだけ温めようとしながら、必死で呼びかけた。

「しっかりしろ、沙耶！　今、医師が来るから！」

だが、沙耶にその声は聞こえていなかった。全身を走る激痛のせいで、頭が朦朧としていたのだ。うわ言のようにつぶやいた。

「大巫女の羽津奈さまが、助言してくれたんです。よ、用心のために、もう一本武器を作っておいたほうがいいって。あ、余った鱗で短刀を作って……そ、そ、それが役に立った」

「もうしゃべるな、沙耶！」

「あれがなかったら負けていましたね。こ、今度こそお礼を、い、言わ……」

ここで沙耶は力尽きた。みるみる視界がぼやけていく。

だが、闇の中に落ちかけた一瞬、沙耶は自分の前に懐かしい人が立っているのを確かに見たと思った。その人が微笑みながら自分の肩に手を置いてきたのを、確かに感じたと思った。

そして、その人はおそらくこう言ったのだ。「よくやったな、沙耶」と。

『うん……やったよ、親父さま』

それが最後に思ったことだった。

口元にかすかに笑みを浮かべて、沙耶は気を失った。

十六

短い実りの秋が過ぎ、長い凍てつく冬が過ぎ、ふたたび芽吹きの春がめぐってきた。

その頃には、伊佐穂の宮はかつての輝きを取り戻していた。宮で働く人々にも、明るさと笑顔がこぼれている。

むろん、全てが元通りというわけではない。皆に慕われていた阿古矢王子が正気を失い、多くの人を斬り殺したあげく病死したということは、伊佐穂の民に深い傷を残していた。

「あんなに若く、美しく、優しかった阿古矢王子がねぇ……」

人々は王子を蝕んだ狂気を恨み、その死を心から悼んだ。遠征から戻ってきた王も、長子の死を聞いた時には、しばらくは立ち直れないほどの衝撃を受け、一度に二十も老けこんだほどだ。

だが、悲しみがあれば喜びもある。阿古矢王子の死から一月ほど経った頃に宮にやってきた姫のことは、いまだ話にのぼらない日はない。

姫の名は伊津美といった。阿古矢王子の双子の姉であったのだが、内乱の元となりやすい双子であったゆえに、これまで内密に異国の王族に預けられていたのだという。

その存在は王にさえ知らされていなかったとやら。

何もかもが隠されていた謎の姫。普通ならば、「双子の姫がいたというのは真っ赤な嘘で、伊津美は王族とは縁もゆかりもない娘ではないのか」と、疑う者が出てきてもよいくらいだ。

だが、その話を疑う者はいなかった。なにしろ、「王さえ知らなかった娘を姫として宮に迎えるなど、絶対に許さぬ」と、最後までわめいていた須世利姫（すせりひめ）さえも、宮にやってきた姫を見たとたん、沈黙したのだ。

なぜなら、伊津美姫の顔は、亡き阿古矢王子とうり二つであったからだ。倉部王（くらべおう）の喜びがどれほどであったかは、言わずともわかろうものだ。

姫はすぐに宮になじみ、民に慕われるようになった。またその教養は深く、政（まつりごと）の才も見事なものがある。兄が死んだために世継ぎとなった加津稚（かづち）王子だが、近々その地位を姉にゆずるのではないかとの、もっぱらの噂であった。

さて、その日、加津稚王子は供も連れずに、伊津美姫の住む棟へと足を向けた。世継ぎとしてなかなか忙しい身であったが、加津稚王子は時間の許すかぎり、伊津美姫の機嫌を伺いにいくのである。

やってきた弟を、伊津美はにこやかに出迎えた。

「そろそろ来る頃だと、沙耶と話していたところですよ」

加津稚はおどけた顔をしながら姉を見た。

「噂をすればなんとやらですからね。弓真呂も。ひさしぶりだな」

加津稚が声をかけた先、伊津美姫の後ろには、かつて阿古矢王子の影人であった弓真呂がいた。あいかわらず静かにひっそりとたたずんでいる。だが、声をかけられると、わずかに微笑みながら会釈を返してきた。

『こいつ、最近貫禄が備わってきたな。昔は陰気一色だったが』

変われば変わるものだと、加津稚は思った。それから姉姫のほうを振り返った。

「それで姉上……沙耶はどうしていますか？」

姫の美しい顔が曇った。

「だいぶ良くなってきたと言ってくれているけれど……わたしに気を遣ってのことかもしれない。まだ顔色は悪いし、左腕もあいかわらず動く様子がなくて……」

「姉上……」

気遣わしげに呼びかけられ、伊津美姫ははっとしたように笑顔に戻り、弟をうながした。

「ほら、早く沙耶のところに行ってやりなさい」

「はい」

加津稚は奥へと進み、慣れた様子で最奥の部屋の戸を開いた。そこに沙耶が横たわっていた。大怪我をした沙耶は、冬の間ずっとこの宮の中にかくまわれ、治療を受けていたのだ。

入ってきた加津稚を見ると、沙耶は嬉しげに体を起こした。

「王子！　おひさしぶりですね！」

声こそ元気が良かったが、顔色はまだ青白く、体もやつれた感じを隠せない。苦いものを感じながらも、加津稚は明るく答えた。

「本当にひさしぶりだな。どうだ、沙耶？　おれが送った薬はちゃんと飲んだか」

「ちゃんといただきましたよ。舌がひんまがるかと思いましたけどね」

「何を子供っぽいことを言っているんだ。いいか。良い薬が届くよう、わざわざこのおれがあちこちに手配してやっているんだ。苦いくらいで文句言うな」

「そんなこと言われても、苦いものは苦いんです！」

負けじと沙耶はやり返す。

「だいたい、王子は心配しすぎですよ。わたしはもうとっくに起き上がっていい頃なんですよ。それなのに、阿……いえ、伊津美姫さまが、まだ静かに寝てなくてはいけないとおっしゃって。一人で庭を歩くことさえ許してくださらない。王子から姫に言ってくれませんか？　わたしはもう大丈夫だって」

「どうかな。おれが言っても、姉上が聞き入れてくださるかどうか。なにせ、おまえのことをこの上なく心配しておられるからな」

「本当にもう大丈夫なんです！」

沙耶は大声を上げる。

「毎日毎日ただ食べて、寝ているばかりで。これでは太る一方です。護足(ごたり)さまは護足さまで、なにかというと、おいしい物を持ってきてくださるし。まるで、わざとわたしを太らせようとしているみたいなんですよ」

「ははは っ！ ばれてたか。いや、じつはそうするように仕向けたのはおれなのだ」

「やっぱり！」

「冗談だ、冗談！」

ひとしきり軽口を交わし合うと、沙耶はあらたまった顔で話を切り出した。

「王子、一つお願いがあるんです」

「なんだ？」

「そろそろ三雲山(みくもやま)に戻りたいんです。王子や伊津美姫さまにはご迷惑をかけっぱなしで。それに山神の八長姫(やながひめ)も、冬の眠りからもうお目覚めになったと思いますし、お礼に行かなければいけませんから」

加津稚は難しい顔になった。沙耶は一時は命さえも危ういところだったのだ。ようやく回復はしてきたが、まだ完全とは言えない。

なにより、その左腕はうまく動かなくなってしまっていた。日天丸が長く突き刺さっていたせいだろう。傷が完全に癒えた今でも、左腕は肩から重くこわばり、ほんの少ししか動かせない。

『こんな状態のまま帰したくない』

加津稚は説得にかかった。暖かくなったとはいえ、まだ底冷えのする季節だし、その小回りのきかない腕をかかえたまま、一人であの小屋に住むのは無理だ。このままこの宮で暮らせと。

しだいに高ぶってくる王子の声を聞きつけて、伊津美姫と弓真呂もやってきた。事情を知ると、二人も説得に加わった。だが、沙耶の決心は変わらなかった。どうしても三雲山に帰ると、言い張り続ける。

とうとう王子は腹を立てて、床を蹴るようにして立ち上がった。

「勝手にしろ！　山の中で野たれ死んでも、おれは知らないからな！」

そう怒鳴って、足音も荒く立ち去った。

残された沙耶は、途方にくれて伊津美姫を見た。

「なんで王子はあんなに怒るんでしょうか？　怒らせることを言った覚えはないんですが」

姫は苦笑した。弓真呂でさえ口元に笑いをにじませる。この娘は何もわかっていないのだ。

「そなたが自分の目の届かぬ所に行ってしまうのが、あの子はいやなのですよ」

「そんなにわたしは頼りなく見えますか？　お言葉ですが、わたしはこれまで自分でなんでもやってきました。別に王子の助けなどなくたって……」

「沙耶。わたしがそなただったら、その言葉は間違っても加津稚の前では口に出さない」

力をこめて言われ、沙耶はますます戸惑うばかりだった。

伊津美姫は、不思議な笑みを浮かべながら立ち上がった。

「そなたは怪我をしていた一羽の小鳥。傷が癒えれば、また飛び立ってしまう。できれば、ずっと手元に置いておきたかったのだけれど……もう飛び立つ時が来てしまったのですね」

姫の寂しげな口調に、沙耶は申し訳なさを覚えた。なんだかひどく恩知らずなことを申し出てしまったような気がしたのだ。

だが、それ以上に山に帰りたいという思いは強かった。生まれ育った小屋が、川のせせらぎが、若葉の香りを放つ林が、自分を呼んでいるのをひしひしと感じる。なにより鍛冶場に戻りたかった。長く火の絶えていたかまどをよみがえらせ、かまどの神に祈りを捧げて、鎚を握りたい。この不自由な腕で何ができるかはわからないが、とにかく鉄を打ちたい。

魚が水を求めるように、沙耶はそれらを欲していた。激しい思いが腹の奥底からわきあがってきて、せつないくらいに胸を震わせる。

伊津美姫もそれを感じ取ったらしく、静かにうなずいた。

「支度を調えておきましょう。そなたが山に帰れるように」

そう言って出て行こうとする姫を、沙耶は思わず呼び止めた。

「伊津美姫さま……」

「なんです？」

ずっと尋ねたいと思いながら、尋ねるのが怖かった問いを沙耶はついに口にした。

「その……母君の亡霊はまだ現れますか？」

ぴくりと、弓真呂の顔が引きつった。それは、彼にとっても知りたい事柄であったのだ。

沙耶と弓真呂が息を殺して見つめる中、伊津美姫はそれはそれは晴れやかな笑みを浮かべてみせた。

「いいえ。日天丸が折れたあの時、わたしの男の部分はわたしから離れたのです。もうわたしは男にはなれない。だからでしょう。あの時から母の気配を感じることはない」

「本当ですか？」

「ええ。母は……あの母の亡霊は、結局はわたしの心の隙が作り出したものだったのでしょう」

勇気をふりしぼるようにして、伊津美姫はついに認めた。

「母を恐れながらも、その母が死んでしまったことに、わたしは慣れることができなかった。あの圧倒的な支配が急になくなってしまったことに混乱したわたしは、自らを支配してくれる母の亡霊を作りだしてしまった。しかし、その亡霊は、わたしが男であったればこその存在。女に戻ったわたしから、亡霊は離れて行きました。阿古矢の魂と共に、闇に帰っていったのだと思います」

そう語る伊津美姫には、王子だった頃の面影はかけらもない。狂気の一歩手前と言わんばかりだった危うさはきれいに消え、かわりに生き生きとした華やぎにあふれている。だからこそ、誰も、こういうことには目ざとい須世利姫さえ、伊津美姫が阿古矢王子と同一人物だということに気づかないのだろう。

姫は感謝のまなざしを沙耶に向けた。

「母から逃れられたのはそなたのおかげです。わたしはそなたを殺しかけたのに、そなたはわたしを助けてくれた。男でも女でも、自分は自分なのだと教えてくれ、姫に戻る勇気をくれた。魂を救ってくれたのです。心から礼を言います、三雲の沙耶」

深々と一礼したあと、伊津美姫は弓真呂を連れて部屋を出て行った。

十七

　二日後、まだ日も昇らぬ早朝に、沙耶(さや)はあまり用いられることのない裏門に忍んでいった。裏門までは伊津美姫(いつみひめ)自らが手引きをしてくれた。

　門につくと、姫は言った。

「わたしが見送れるのはここまでです。あとはわたしが最も信頼している者たちに、そなたを預けます。その者たちであれば、そなたを無事に山まで送り届けてくれるでしょうから」

「いえ、そんな。わたしは一人でも帰れます」

　慌てて辞退しようとしたが、伊津美姫は聞かない。

「一人でなど決して行かせませんよ。そなたは病み上がりで、もともと馬にも乗りなれていないと聞きました。供が絶対に必要です」

　この門から出てすぐの所に大きな栗の木があると、姫は話した。

「そこに、そなたを送り届ける者たちが待機しているはずだから」

　そこまで話してから、姫は沙耶を抱きしめた。

「それではこれでお別れですね、沙耶。どうか気をつけて。体をくれぐれも大切に。

そなたを大事に思っている者のためにも」

　意味ありげに見つめられ、沙耶はとまどった。

「……あのぅ、それはどういう意味ですか？」

　姫はそれには答えず、ただもう一度沙耶を抱きしめた。その目には涙が光っていた。

「今日という日を、わたしは恨めしく思いそうです。大事に思っていた小鳥が、一度に二羽も離れていってしまうのですから。もう一羽のほうをくれぐれも頼みましたよ、沙耶」

　まったく意味がわからない沙耶だが、いつまでもここにいるわけにはいかない。伊津美姫に別れを告げ、門の扉を押して外に出た。

　濃い朝もやがたちこめる中、沙耶は大きな栗の木に近づいていった。見れば、木の下には大きな影が三つもある。いななきでそれが馬であることがわかった。そのうち二体の影が妙におかしいのは、馬の背にすでに人が乗っているせいだと気づいた。

　馬にまたがっている者たちが誰であるかに気づいたとたん、沙耶は大声をあげていた。

「護足（ごたり）さま！　加津稚（かづち）王子！」

「おお、やっときたか、沙耶」

「遅かったな。待ちくたびれたぞ」

沙耶の驚きにはかまいもせず、二人はぬけぬけと言ってのける。

「な、何をしてるんですか、こんな所で？」

意外そうに護足は首を傾げる。

「何って、ぬしを待っていたのだ。伊津美姫さまから聞いておらぬのか？　わしが、ぬしを山まで送り届ける役目を仰せつかったのよ。わしは道を良く知っておるからな」

「それはわかりますが、なんで王子まで？」

「おれか？　今日はちょいと遠出をしたい気分だったんだ。三雲山（みくもやま）ならほどよい遠さだろう？　で、旅は道連れが多いほうがいいだろうと、ここでおまえを待っていただけさ」

ふてぶてしく笑う王子に、沙耶は警戒のまなざしをくれた。

「本当にそれだけですか？　何かたくらんでいませんか？」

「王子を疑うとは、あいかわらず無礼なやつだ。いいから、とっとと馬に乗れ。おまえのためにわざわざおとなしいやつを連れてきたんだからな。これから落ちたらよっぽどだぞ。そうだ。護足、賭（か）けをしないか？　山の小屋につくまでに沙耶が何度落ちるか、賭けようじゃないか」

「いいですな。じゃあ、昼飯を賭けましょう。そう。わしは三回ほどだと思います」

「おれは五回だ」

賭けの対象にされて、沙耶の中で何かが切れた。

「勝手なことを！　じゃあ、わたしも賭けます！　一度も落ちないことにね！　これでも前より慣れたんですからね！」

怒鳴られて、男たちは肩をすくめあう。

「その負けん気は女に戻ってもあいかわらずだな」

「ま、これで沙耶の昼飯は我々のものに決まりましたな」

「だな」

「だから、勝手に決めないでください！」

わいわいがやがや騒ぎながら、三人は出発した。

道中はなんやかやと楽しかった。ことに、ひさしぶりに外に出られた沙耶には、目に映る全てが新鮮で生き生きとして見えた。苦手な馬の上にいることも気にならないほどだ。

そうして春の陽気に酔っていると、護足がこんなことを言うのが耳に入った。

「しかしですなあ。今はこうしてのんびり馬にゆられていていても、行く手に待っているのは馬小屋作りという重労働。今から気が重くなりますぞ、王子」

と、護足は恨めしげに王子をながめやった。王子は苦笑した。

「そう言うな、護足。馬小屋はどうしたって必要なんだから」

「わかっておりますとも。いざという時に馬がいなければ、宮にすぐに戻ってきていただけませんからな。しかし、それでも……わしと王子だけしか働き手がいないというのはいただけない」

「働くのをいやがるとは、じじいになった証拠だな」

「何を言われる！　こう見えてもこの護足、王子の倍は働いてみせましょうぞ！」

「おお。じじいの働きぶり、存分に見せてもらおうではないか！」

怒る護足とからかう王子。二人のやりとりはまるで子供のようだ。

だが、沙耶はひやりとしたものを感じていた。なんだろう。話の内容はまるで見えないが、とてつもなく嫌な予感がする。

恐る恐る尋ねた。

「どういうことですか？　馬小屋作りって？」

「ん？　ああ。おまえのところに馬小屋を建てようと思ってな。向こうについたら、おれと護足とでさっそく取りかかるつもりだ」

「なんのためにです？」

「なんのため？　もちろん、馬を入れるためだ。年がら年中、外につないでおくわけにはいかないだろう？　この黒姫(くろひめ)は雨が大嫌いだしな」

「そ、そうじゃなくて。ど、どうして馬小屋なんか建てる必要があるんです？」

「ふふん。さあ、どうしてだろうなあ？」

にやっと加津稚は笑った。いたずらっぽい笑いに、沙耶はおののいた。

「王子……」

「そんなことより、沙耶、おまえ山に戻ってどうするつもりだ？　その左腕はもう使い物にならない。その手で鍛冶（かじ）を続けようというのか？」

逆に尋ねられて、沙耶は言葉につまった。

「それは……誰かを雇おうと思っています。わたしの手助けをしてくれる相方なんかを」

「おまえが女であっても気にしないやつが、そういるかな？」

「……あまりいないでしょう」

沙耶は唇を嚙（か）み締めた。

そうだ。それが問題なのだ。大巫女羽津奈（おおみこうづな）が説得してくれたとしても、世間の多くは、女が鍛冶をすることを快く思わないだろう。自分を認めてくれ、なおかつ信頼できる相方をどうやって見つければよいのか。沙耶にはそのつてがなかった。

肩を落とす沙耶の横に、加津稚はそっと馬を寄せた。沙耶の耳に唇が触れるほど顔を近づけ、ささやいた。

「その相方、おれがなってやる」

思いがけない言葉と、耳に王子の息がかかったのとで、沙耶は馬から転げ落ちてしまった。したたかに尻を打つ娘を見下ろしながら、王子は護足に、「これで沙耶の昼飯はおれたちのものだな」と、のん気に言っている。

ようやく声が出るようになると、猛然と沙耶はわめいた。

「何考えているんですか! あなたは、あなたは伊佐穂の世継ぎじゃありませんか!」

平然とした顔で、加津稚は言い返す。

「世継ぎの座は姉上にゆずってきた。もともと姉上のものだからな。まあ、姉上は、罪なき人を殺してしまった自分は王にふさわしくないなどと、色々ごねられたがな。かまわず押しつけてきた。世継ぎでなければ、別に何をしてもいいだろう?」

「いいわけないでしょう! なんであなたが宮を出るんですか! お、王子なのに!」

「おれが出たいから」

「そんなあっさり答えないでください! 護足さま、なんとか言ってくださいよ!」

護足は自分のひげをしごいた。

「もういやっというほど申し上げたとも。だが、お聞きにならぬのだ。加津稚さまはとにもかくにも頑固で。どうしてもぬしと共に三雲山に暮らすのだとおっしゃる。もう好きなようになされと、伊津美さまもわしもあきらめたわ」

「あきらめないでください!」

絶叫する沙耶に、まじめな顔で王子は告げた。

「気まぐれで言っているわけではないぞ。宮を出ることは、ずいぶん前から考えてきたことだ。これは姉上のためでもある」

沙耶ははっと王子を見た。加津稚はうなずいた。

「わかるだろう？　王子がいると、人々は男の王を望んでしまうんだ。女より頼もしく見えるからな。おまけに、おれの母はなんとしてもおれを王にしたいと考えている。おれが宮にいるかぎり、姉上は安全ではないんだ。だが、おれが王位を嫌って宮を飛び出せば、世継ぎは姉上しかいないと誰もが納得するだろう？　妹の美緒は、あきらかに王には向いていないからな」

姉を一人にすることには不安もあるが、姉のそばには弓真呂がいる。あの男は今度こそ姉を守り切るだろう。

「で、でも……お父上やお母上は？　王子の考えに納得なさったんですか？」

親のことを持ち出されて、王子の顔がわずかに曇った。

「父上たちには三雲山に暮らすとは教えていない。ただ宮がいやになったと、そう伝えておいた。おれの気性はよくご存知のはず。本気で心配したり、探したりはしないだろう。いずれ父上には居場所を教えるかもしれないが……母上には生涯秘密にしておくさ。厄介な人だからな」

「いいんだ、これで！　宮のことはおれが一番よくわかってるんだ！　おまえは口をはさむな！」

くわっと王子は怒鳴りつけてきた。やはり後ろめたく思うところはあるらしい。沙耶が白い目を向け続けると、王子は降参したように天をあおいだ。

「心配するな。三雲山で暮らすと言っても、完全に国と縁を断つわけではない。いざという時には、おれが兵士達を率いて戦場に向かう。そのために、時々は宮にもこっそり顔を出すし、兵の鍛錬にも参加するさ」

その宮との行き来のために、馬小屋を建て、馬を飼っておかなくてはならないというわけだ。

「だいたい、この黒姫はおれにべたぼれだ。引き離したら、おれを慕って嘆き死んでしまうだろうからな。そばから離すわけにはいかん」

「その冗談はともかくとしても、馬はぜひとも必要ですな。飼葉などはわしが折を見てお届けにあがりましょう」

「そうしてくれると、大いに助かる。おまえが来てくれれば、なにかと国の様子もわかるだろうしな」

加津稚王子は本気だ。本気で三雲山に来ると言っているのだ。それでいて国を捨て

「……お気の毒な」

るつもりは毛頭ない。陰ながら国を、姉姫を支え続けると言う。それがどれほど難しいことか知っている上で、覚悟を決めたのだろう。

　沙耶は加津稚王子を見直すことにした。いざという時は頼りになるが、それ以外の時は子供のような腕白さが抜けきらない、気まぐれの多い人だと思っていたのだが。なかなかどうして骨っぽいではないか。

　だが、だからこそわからないことがあった。沙耶はそのことを口に出した。

「それなら……どうしてわたしのところに来たいなんて言うんですか？　あなたは馬を育てる牧人になりたかったんでしょう？　わたしの腕のことで、あなたが負い目を感じる必要はないんですよ？　わたしも、そういう重荷を感じたくない。かまわず、どうか好きな道をとってください」

　これできっぱりと断れたと、沙耶は思った。だが、加津稚は不敵な笑みを浮かべながら言ったのだ。

「もちろん、おれは自分が好きな道しか選ばないさ。誰がこのおれに、おれが望まぬ道を歩ませられるというんだ？」

「じゃあ……」

「まだ言っていなかったけどな、沙耶、おれは牧人になりたいのと同じくらい、鍛冶の匠（たくみ）になってみたかったんだ。それに考えてもみろ。おれは、男だったおまえも、女に戻ったおまえも知っている。ぶきっちょで負けず嫌いで、かわいくて、思わずいじめたくなる。そういうやつだ、おまえは」

断言されて、沙耶はがっくりした。力なく王子をねめつけた。

「……そこまで言いますか？」

「本当のことだろう？　そして、おまえは鍛冶師だ。男であろうと女であろうと、その事実は変わらん」

加津稚王子の言葉はからかうようでありながら、温かく優しかった。沙耶は自然と胸が熱くなった。これほど耳に心地よい、心にしみとおる言葉は聞いたことがない。そう思った。

だが、その余韻にひたる前に、王子がぼそりと奇妙なことを付け加えてきた。

「……ま、おれとしては、おまえが女に戻ってくれてありがたいがな」

「へっ？　なんでです？」

「なんでって……」

加津稚は一瞬言葉に詰まり、それからいきなり顔を険しくして、沙耶を怒鳴りつけた。

「わからんやつだ！　一緒に暮らすのに、男同士ではあまりに潤いがないだろうが！　ちょっとは考えろ！」

「はあ……潤い、ですか」

とりあえずうなずいてみせたものの、沙耶は護足を振り返って小声で尋ねた。

「わたしみたいなのでも、潤いがあるってことなんでしょうか？」

「……そんな難しいこと、わしに聞くな」

護足は奇妙な声で返してきた。哀れむような、今にもふきだしたいのを我慢しているような声だ。

沙耶が前を向くと、加津稚はますます剣呑(けんのん)な顔となっていた。

「王子……顔が怖いですよ？」

「誰のせいだと思ってるんだ！　話をもとに戻すぞ。とにかくな、おまえの相方になるとしたら、おれ以外の誰がいるっていうんだ？　いや、いいから黙って聞け。これはお互い損のない話だと思うぞ。おまえは信用できる相方を手に入れ、おれは自由と匠の技を手に入れる。どうだ？　いい取引だと思うが」

「……………」

沙耶は黙りこんだ。どうして王子がここまで自分の所に来たがるのか、それがわからなかったのだ。鍛冶の匠になりたいと言うのなら、沙耶よりも腕のよい匠が他にいるはずなのに。

沙耶の戸惑いを読み取って、護足は王子に声をかけた。

「王子。肝心のことをまだおっしゃっておりませんぞ。それをきちんと伝えなければ、恐れながら、この娘にわかってはもらえませぬぞ」

余計なことをと護足を睨んだものの、沙耶が本当にわかっていないと気づき、加津稚は心の底からため息をついた。できればこういうことは沙耶と二人きりの時に言ってやりたかったのだが。こうなってはしかたない。

腹を据え、まっすぐ沙耶を見つめて言った。

「沙耶。本当のことを言うとな、他のやつにおまえの左腕になってもらいたくないんだ。おれでない男に、おまえに近づいてもらいたくない。どういうわけかおもしろくないんだ」

ところがだ。加津稚がここまで打ち明けたにもかかわらず、沙耶はその意味に気づけなかった。意味がわからず、ますますきょとんとした顔となる。

加津稚は怒りを通り越し、一気に脱力した。馬の首にもたれかかるようにしながら、弱々しい声で言った。

「まだわからないのか。おまえってやつは……本当に鈍いやつだな」

「なんでわたしが鈍いんですか！」

「十一年も男だったくせに、男の心が全然わからん。それを鈍いと言わず、なんと言うんだ？　くそ。だんだん腹が立ってきたぞ。いいか。わからないようだから、はっきり言うぞ。おれはおまえに申しこみをしているんだ。おれの妻になり、生涯を共にしてくれと、おれは頼んでいるんだぞ！」

だが、鈍い沙耶はここでも鈍かった。鈍いどころか、無礼ですらあった。このなんとも単刀直入な申しこみに対し、沙耶はとてつもなく疑り深いまなざしを返したのだ。

「王子。熱でもあるんじゃありませんか？　とても正気とは思えない」

「……あいにくとここ十八年になかったほど正気で、大真面目だ」

究極の情けなさをありったけの忍耐で抑えつけながら、加津稚はなんとか言葉を続けた。

「おれはおまえが好きで、ぜひ妻にしたいと思っているが、おまえが嫌だというなら手は出さない。だが、絶対に山には一緒に行くし、おまえの相方にはなるからな。これだけは言っておくぞ」

そう言い終えると、加津稚はぷいと横を向いてしまった。そのすねた様子に、沙耶はおかしくなってふきだした。

「な、何がおかしい！」

「いえ、別に」

くすくすと笑いつつ、沙耶はほっこりとした温かさが体を満たし始めていることに気づいた。驚いたことに、自分は王子のとんでもない申し出が嬉しいらしい。王子がこれからも自分のそばにずっといてくれると思うと、なんとも言えない安堵がこみあげてくる。

王子の妻になりたいのかどうかはまだわからないが、一緒にいたいとは思った。この人と一緒に鉄を鍛え、豪快に笑いあえたら、どんなに楽しいだろう。

その思いから、沙耶はにこりとした。

「ま、いいでしょう。王子と一緒なら退屈はしなさそうだし、仕こみがいがありそうだ。相方になっていただきましょう」

「ほんとか！」

「ええ。ただし！」

沙耶はぐっと王子をねめつけた。

「まだ妻になるとは言ってませんからね！　王子には外で寝起きしてもらいます」

加津稚の目がまんまるになった。

「おまえ……おまえを好きだと言っている男を、外で寝起きさせるのか？」

「だって、わたしは王子のことが好きなのかどうか、まだわかりませんから」

王子があからさまに傷ついた顔をしたので、沙耶は慌てて付け足した。

「まあ、嫌いではないと思いますよ。とにかくです。外で寝るのが嫌だったら、馬小屋でもなんでも、ちゃっちゃと建てて、そこで寝るんですね」

加津稚は情けなさそうに沙耶を見た。

「沙耶、おまえってやつはどうしてそう素直になれないんだ。いいか、こういう時はだな、喜んであなたの妻になりますと、しおらしく恥じらってみせるものだぞ」

「誰がそんな真似をするもんか！」

思わず男の口調で怒鳴ったあとで、沙耶は低く警告をした。

「言っておきますが、ちょっとでも変な真似をしたら、鎚（つち）で頭をかちわりますからね。それから、山についたら、わたしのことは師匠か親方と呼ぶように」

「それならおまえも、おれを我が夫と呼べ」

「それとこれとは話が違います！」

ぎゃあぎゃあ言い争いを始めた二人に、護足はため息をつき、「これは先が思いやられるわい」と小さくつぶやいた。

終章

その昔、三雲の深き山間に鍛冶の匠の一族があった。火を敬い、月神を崇めながら、ひたすらに己の技をみがいたという一族。彼らが鍛えた鉄器は、金銀に勝ると称えられた。

だが、彼らが生み出すものの中でもっとも価値のあるものは、女たちが鍛える剣にあった。

そう。この一族では、女もまた優れた匠であった。男に劣らぬ技巧を持つ女達が鍛えた剣は、霊威が宿る霊剣、神が寿ぐ神剣となることで知られていた。

流血を清め、荒ぶる神霊や祟りを鎮める剣を求めて、いずれの国々も三雲の山に足を運んだという。時には、一族そのものを手に入れんと、強引な手段を用いようとする者どももいたが、そうしたことが成功したことはなかった。なぜなら、一族には伊佐穂の王族の庇護がいつの時代もあったからだ。

かの一族に手出しするものは、伊佐穂に牙を剝いたと見なす。

伊佐穂の強固な守護のもと、一族は権力や争いなどに乱されることなく、黙々と鉄を鍛え続けた。その姿は、さながら神の声に耳を傾ける巫や巫女のようであったという。

　やがて〝神火の剣人〟と呼ばれ、広く世に崇められるようになった匠の一族。この特殊な才と生き方を開花させた一族の始祖は、やはり女であったと伝えられている。鋼のような芯の強さと人を惹きつける魂を持ち、なにより火の神に愛された女であったと、一族の伝承にある。彼女が鍛冶場に入ると、かまどの火は赤々と燃え、ひとたび鎚を振るえば、鉄は自在に変化し、火花が喜ばしげに散ったという。

　左腕が不自由であったとも伝えられているが、彼女には常に夫が寄り添い、動かぬ腕のかわりとなって鉄や道具を支えたと言われている。

　鉄に歌いかけ、魂と霊威をこめ、名だたる神器をいくつも世に生み出したという女鍛冶。

　その偉業を忘れぬために、一族では代々女が長の座につくのがならわしとなった。

　また、とりわけ優れた女鍛冶のことをこう呼ぶようになった。

　火鍛冶の娘と。

本書は、二〇一一年三月に小社より刊行された
単行本を加筆修正のうえ、文庫化したものです。

火鍛冶の娘

廣嶋玲子

令和５年 ８月25日　初版発行

発行者●山下直久

発行●株式会社KADOKAWA
〒102-8177　東京都千代田区富士見2-13-3
電話　0570-002-301（ナビダイヤル）

角川文庫 23776

印刷所●株式会社暁印刷
製本所●本間製本株式会社

表紙画●和田三造

ISBN 978-4-04-113793-2　C0193

◇◇◇

角川文庫発刊に際して

角川源義

第二次世界大戦の敗北は、軍事力の敗北であった以上に、私たちの若い文化力の敗退であった。私たちの文化が戦争に対して如何に無力であり、単なるあだ花に過ぎなかったかを、私たちは身を以て体験し痛感した。西洋近代文化の摂取にとって、明治以後八十年の歳月は決して短かすぎたとは言えない。にもかかわらず、近代文化の伝統を確立し、自由な批判と柔軟な良識に富む文化層として自らを形成することに私たちは失敗して来た。そしてこれは、各層への文化の普及滲透を任務とする出版人の責任でもあった。

一九四五年以来、私たちは再び振出しに戻り、第一歩から踏み出すことを余儀なくされた。これは大きな不幸ではあるが、反面、これまでの混沌・未熟・歪曲の中にあった我が国の文化に秩序と確たる基礎を齎らすためには絶好の機会でもある。角川書店は、このような祖国の文化的危機にあたり、微力をも顧みず再建の礎石たるべき抱負と決意とをもって出発したが、ここに創立以来の念願を果すべく角川文庫を発刊する。これまで刊行されたあらゆる全集叢書文庫類の長所と短所とを検討し、古今東西の不朽の典籍を、良心的編集のもとに、廉価に、そして書架にふさわしい美本として、多くのひとびとに提供しようとする。しかし私たちは徒らに百科全書的な知識のジレッタントを作ることを目的とせず、あくまで祖国の文化に秩序と再建への道を示し、この文庫を角川書店の栄ある事業として、今後永久に継続発展せしめ、学芸と教養との殿堂として大成せんことを期したい。多くの読書子の愛情ある忠言と支持とによって、この希望と抱負とを完遂せしめられんことを願う。

一九四九年五月三日

天涯の楽土

篠原悠希

古代九州を舞台に、少年たちの冒険の旅が始まる！

弥生時代後期、紀元前1世紀の日本。久慈島（くじのしま）と呼ばれていた九州の、北部の里で平和に暮らしていた少年隼人（はやと）は、他邦の急襲により里を燃やされ、家族と引き離される。奴隷にされた彼は、敵方の戦奴の少年で、鬼のように強い剣の腕を持つ鷹士（たかし）に命を救われる。次第に距離を縮める中、久慈の十二神宝を巡る諸邦の争いに巻き込まれ、島の平和を取り戻すため、彼らは失われた神宝の探索へ……。運命の2人の、壮大な和製古代ファンタジー！

角川文庫のキャラクター文芸

ISBN 978-4-04-109121-0

ISBN 978-4-04-113023-0

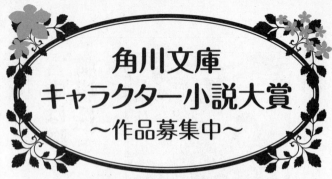